숙제 파업

THE HOMEWORK STRIKE

This Korean edition was published by Mirae Media and Books, Co. in 2020
by arrangement with Scholastic Inc., 557 Broadway, New York, NY 10012, USA
through KCC(Korea Copyright Center Inc.), Seoul.

그렉 핀커스 지음

채효정 옮김

미래인

숙제 파업

1판 1쇄 펴낸날 2020년 12월 10일
1판 3쇄 펴낸날 2024년 5월 10일

지은이 그렉 핀커스
옮긴이 채효정
펴낸이 김민지

펴낸곳 미래M&B
등록 1993년 1월 8일(제10-772호)
주소 04030 서울시 마포구 동교로 134 미진빌딩 2층
전화 02-562-1800(대표)
팩스 02-562-1885(대표)
전자우편 mirae@miraemnb.com
홈페이지 www.miraeinbooks.com
블로그 blog.naver.com/miraeibooks
인스타그램 @mirae_inbooks

ISBN 978-89-8394-900-4 (03840)

*잘못 만들어진 책은 구입처에서 바꾸어 드립니다.
*미래인은 미래M&B가 만든 청소년, 성인을 위한 브랜드입니다.

인생을 숙제 하듯 살지 말고 축제 하듯 살자.

―조양제, 『긍정습관』에서

1

역사는 미스터리다.

과학은 저주다.

영어는 도움이 필요한 상태다. 수학은 더 심각하다.

스페인어 실력은 거의 바닥이다.

체육은 완전 엉망이다.

중학교에서 살아남을 시간은 점심시간뿐이다!

팬케이크에 뿌려야 제맛인 메이플 시럽을 숙제장에 흘리는 건 끔찍한 일이다.

그레고리는 아침으로 팬케이크를 우걱우걱 씹으면서(시럽을 흘리면서) 허겁지겁 수학 문제를 풀다가 이 간단한 사실을 새삼 깨달았다.

"어휴~ 하필 다 푼 문제들에 떨어지냐고." 그레고리는 냅킨을 집어 들며 투덜거렸다. "이게 어떻게 가능해?"

"가능성이 희박하지." 식탁 끝에 멀찍이 떨어져 앉아 있던 형 오웬이 말했다. "애당초 넌 그 세 문제를 풀 가능성도 거의 없었으니까. 어, 잠깐~ 너, 그 문제들 다 풀었다고 안 했잖아."

그레고리가 시럽 자국을 냅킨으로 쓱쓱 문지르자 숙제장에는 도리어 찢어진 냅킨 조각만 들러붙었다.

"있잖아," 여동생 케이가 〈해리 포터와 죽음의 성물〉 책표지를 유심히 들여다보며 끼어들었다. "거기다 베이컨하고 달걀 좀 넣어서 개한테 먹으라고 주면, 숙제를 안 해온 완벽한 핑계가 될 거야."

"얘한텐 원래 숙제를 못 하는 완벽한 핑계가 있잖아." 오웬이 미소를 지었다. "바로 그레고리라는 거."

"나한테 완벽한 핑계는 형이랑 살아야 한다는 거야."

그레고리는 숙제장에 붙은 냅킨을 떼어내려고 그 위에다 물을 뿌렸다.

"맘대로 생각해라, 아우야." 오웬이 자기 접시를 들고 부엌으로 향했다. "그건 그렇고 212, 397, 11에다 나머지는 4, 22, 3, 14, 6.2, 9.9, 10하고 14야. 고마운 줄 알아."

그레고리는 형이 눈앞에서 사라질 때까지 노려보다가, 재빨리 연필을 들고는 축축하고 끈적거리는 숙제장에 미친 듯이 적었다.

"진짜로 그게 정답이라고 믿는 건 아니겠지?" 케이가 답을 적고 있는 오빠한테 물었다.

"밑져야 본전이지 뭐. 다섯 번째 답이 뭐였더라?"

그레고리는 연필을 돌리며 숙제를 빤히 쳐다봤다. 그러다 연필을 툭 내던지고는 시럽 병을 집어 들어 종이에 왕창 들이부었다.

"다 봤어." 케이가 책에서 시선을 떼지도 않은 채 말했다.

어떻게 케이가 매번 그럴 수 있는지, 그레고리는 도무지 알 도리가 없었다.

"엄마한테만 말하지 마, 알았지?"

그레고리는 거기다 찢어진 냅킨 조각을 덧붙이려고 시럽을 문지르면서 애처로운 눈으로 동생을 쳐다봤다.

"비밀은 지켜줄게." 여전히 책에 몰두한 채로 케이가 말했다. "하지만 진심으로 하는 말인데, 거울 보고 표정 연습 좀 해야겠다. 얼굴에 다 티가 나잖아."

그럴 수도 있겠다고 그레고리는 생각했다. 하지만 지금은 상관없다. 비밀은 지켜질 테고, 숙제는 끝났다.

그레고리는 젖은 숙제장을 말리려고 펄럭거리며 학교로 향했다. 모리스 중학교로 이어지는 긴 언덕을 오르고 있는데, 친구 알렉스가 다가와 보조를 맞춰 걸었다. 풀린 신발 끈이 딸깍딸깍 보도를 때렸다.

"친구야," 알렉스가 말했다. "백기 들고 항복하긴 너무 이른 아침이다."

"수학은 이미 옛날에 항복했지." 그레고리는 흘러내린 머리카락을 한 손으로 쓸어 넘겼다. "역사 숙제 다 했어?"

"딱 열두 시에 끝냈지. 넌?"

"애나하고 베니랑 같이 했어. 너도 오면 좋았을 텐데."

"과외 선생님하고 수학 공부 중이었어. 그러다 원치도 않는 스페인어 수업까지 보너스로 받았지. 뭐, 좋은 게 좋은 거지."

둘은 잠시 말없이 언덕을 올랐고, 아침 햇살이 둘의 찡그린 얼굴에 내리쬐었다.

"도저히 이해 안 되는 게 뭔지 알아?" 그레고리가 물었다. "인기 있는 애들은 도대체 시간 관리를 어떻게 한대? 난 중학교에 오니까 숙제하기도 바빠서 아무것도 못 하겠던데 말이야. 걔들은 운동도 하지, 쇼핑몰에서 놀지, 파티에 가지… 잠을 안 자나?"

"야, 걔들은 다 뱀파이어야. 그리고 걔들 눈에 너랑 난 나오자마자 죽어버리는 엑스트라 같은 존재고." 알렉스가 씩 웃었다. "이걸 주제로 에세이를 써야겠어. 다음 신문에 실어야지."

"뭘? 영화 등장인물들로 이상한 거 쓰려고?"

"너도 신문사에 들어와야 돼. 시 칼럼을 맡는 거야."

"그런 걸 누가 읽겠냐?" 그레고리는 돌멩이를 툭 걷어찼다. "어쨌든, 난 책을 끝내겠다고 켈리랑 약속했어. 그러니까 자유 시간이 생기면 난 글만 쓸 거야."

"얼마나 썼는데…?"

알렉스가 기대하는 표정으로 친구를 바라봤다.

"시간이 너무 없어서 통 진전이 없어." 그레고리는 숙제장을 반으로 접어 가방에 넣었다. "네가 만들려고 했던 영화 시리즈처럼 됐지 뭐."

"맞아. 그건 절대로 완성 못 할 거야. 한 편당 12초짜리 시리즈면 몰라도."

"네가 만드는 영화는 진짜 근사해. 아니, 만들던 영화. 뭐, 이젠 훅 날아가버렸지만."

"그냥 다른 좋은 거 하느라 바빠서 그래. 알잖아? 그건 그렇다

치고, 그레고리가 글을 안 쓴다는 건 너무 그레고리답지 않아."

지난여름, 그레고리는 가장 친한 친구 켈리와 작가 캠프에 참가해서 인생 최고의 경험을 했다. 전문 작가들의 강의를 듣고, 글쓰기 좋아하는 다른 아이들과 어울리고, 6학년 말에 켈리가 멀리 이사 간 이후 처음으로 켈리와 매일매일 즐거운 시간을 가졌다. 켈리가 이사 간 건 불과 4주 전이지만, 아기 때부터 늘 붙어 지냈던 켈리와 이렇게 오랫동안 못 만나긴 처음이었다.

그레고리는 작가 캠프에서 몇 편의 시와 짧은 이야기를 썼는데, 한데 모아 보니 자기가 보기에도 잘 어우러졌다. 그래서 설령 켈리밖에 읽어주는 사람이 없더라도 글쓰기를 계속해서 책으로 만들겠다고 켈리한테 약속했다. 켈리도 지금 작업 중인 소설을 학년 끝나기 전에 완성하겠다고 약속했다. 캠프가 끝나자 둘은 이루고 싶은 꿈이 뭔지 확실히 깨달았다. 작가가 되기.

여름이 끝나갈 무렵, 그레고리는 작가의 꿈을 이루기 위한 글쓰기에 온 힘을 쏟았다. 하지만 중학교 1학년이 되면서부터는 글을 쓸 시간도 없고 의욕도 사그라졌다. 입학 후 한 달 동안 정신없이 수학과 역사와 과학과 사회와 스페인어와 체육을 따라잡다 보니, 책을 써야 한다는 생각을 점점 못 하게 됐다. 재능이 없다고 생각한 건 아니지만(작가 캠프에서 최고 은유 상을 받기도 했으니까), 다들 엄청 중요하다고 말하는 학교 공부를 제쳐놓고 글을 쓴다는 게 무슨 의미가 있나 싶은 생각도 들었다. 켈리가 아직 이 동네에 산다면 어떨까? 켈리한테 이런 얘기를 꺼냈다간 바보 같은 소리 그만하라며 종아리를 걷어찼을 거다. 하지만 켈리는 이제 여기 없다.

"헤이!"

알렉스의 목소리에 그레고리는 퍼뜩 정신을 차렸다.

"뱅스터 경보!"

벽돌로 지은 거대한 학교 건물이 괴물처럼 언덕 꼭대기에서 쏘아보는 가운데, 역사 교사인 뱅스터 선생님이 차에서 내려 느릿느릿 정문으로 걸어가고 있었다. 부모님 차나 자전거를 타고, 또는 그레고리처럼 걸어서 속속 도착한 학생들 사이에 정적이 흐르기 시작했다.

늘 정장에 나비넥타이 차림이지만 사실 뱅스터 선생님은 풍채가 당당하진 않다. 대부분의 학생들보다 키가 작고, 몇 가닥밖에 안 남은 흰머리가 바람에 흩날려 우스꽝스러울 때는 있어도, 결코 무서운 모습은 아니다. 그래도 하나같이 중학교에서 만난 선생님 중 가장 어렵고 절대 봐주지 않는 분이라고 입을 모은다. 그레고리의 아빠 역시 학창 시절을 통틀어 뱅스터 선생님한테 배울 때가 가장 힘들었다고 말한 적이 있었다.

뱅스터 선생님만 보면 학생들이 조용해지고 주눅이 드는 건 존경심과 함께 두려움이 들기 때문이다. 꼬투리를 잡고 인상을 쓰면 어쩌나, 지적당하진 않을까, 두려워하는 분위기가 암암리에 흐른다. 선생님의 모습이 시야에서 사라지면 그제야 대화가 다시 시작된다.

"뱅스터 선생님은 몇 살일까?"

선생님이 학교로 들어가 더 이상 보이지 않자 알렉스가 물었다.

"백열다섯 살." 그레고리는 주저 없이 말했다. "그래서 역사를 가르치시는 거야. 역사를 살아오셨으니까."

"분명 저 선생님이 숙제를 발명했을 거야."

"아니, 완성시키셨지. 그건 확실해."

교문 안에 발을 들여놓는 순간, 그레고리는 햇빛이 점점 옅어지다 사라지는 게 느껴졌다.

모리스 중학교는 오래된 건물이라 전체적으로 어둡고 칙칙하다. 건물 안에 들어서면 기다란 형광등의 누르스름한 불빛만이 어두운 복도를 밝히고 있다. 그래도 교실은 창문도 크고 햇빛도 잘 든다. 뱅스터 선생님의 교실이 그중 제일 밝은데, 거긴 그레고리와 알렉스의 하루가 시작되는 곳이기도 하다. 무거운 책가방을 등에 멘 두 친구는 곧장 오른쪽으로 돌아서 이 학교에서 유일하게 4층에 있는 교실인 역사 교실로 올라가기 시작했다.

뱅스터 선생님의 교실은 지붕 아래에 있는 네모진 소박한 방으로 30년이 넘도록 그 자리를 지키고 있다. 선생님이 최대한 깨끗하게 관리하기 때문에 교실은 환하고 상쾌하다. 하지만 수업에 들어온 아이들은 늘 긴장한 상태가 되는데(운 나쁘면 불행하고 운 좋으면 불안한데), 뱅스터 선생님이 기습 숙제를, 그것도 항상 논술식 문제를 내주기로 악명 높기 때문이다.

과제는 늘 불시에 주어지고 내용, 문법, 명료성에 따라 점수가 매겨진다. 소문에 의하면 논술 과제에서 A를 받은 사람은 여태껏 단 한 명도 없고, 그건 올해도 마찬가지다. 언제 쓰기 과제를 낼지 몰라 학생들은 뱅스터 선생님이 설명을 할 때도, 그 유명한(사람에 따라서는 악명 높다고도 하는) '살아 있는 역사 수업'의 일환으로 영화를 틀어줄 때도, 계속 마음을 졸인다. 교실은 늘 그렇게 긴장감에 차 있다. 뱅스터 선생님은 전혀 모르겠지만 말이다. 선생님은 짙고 푸른 눈으로 학생들 하나하나와 눈을 맞추듯이 교실 전체를 둘러보며 그저 가르치기만 할 뿐이다.

다른 친구들과 달리 그레고리는 역사 시간이 긴장되지 않았다. 논술 과제로 A를 받은 적은 없어도 겁나진 않았다. 좋아하는 과목이라고 할 순 없어도 싫진 않았다. 뱅스터 선생님은 담당 과목에 엄청난 애정이 있는 게 분명했고, 학생들의 질문에 열정적으로 대답하는 모습에 어떨 때는 흥미진진하기까지 했다. 사실 그레고리는 두 가지만 빼면 역사 시간이 좋았다. 뱅스터 선생님은 수업 중에 잠시도 쉬는 법이 없기 때문에 첫 수업부터 진이 빠진다는 것, 그리고 확고한 숙제 신봉자라는 것.

수업이 끝나면 여러 가지 과제가 주어진다. 교과서 말고도 책을 더 읽어야 하고, 매일 제출해야 하는 한 문단짜리 작문 숙제도 있다. 가끔은 지도를 그려 오거나, 다음 수업에 쓸 질문도 준비해야 한다. 추가 점수를 딸 선택 과제도 있고(더 많은 작문 숙제, 더 긴 감상문을 쓰는 온라인 비디오 시청 등) 그러고도 점수를 더 받으려면 장기 프로젝트를 제출하는 방법도 있다.

뱅스터 선생님이 내준 숙제를 전부 다 해낸 사람은 역사상 단 한 명인데, 바로 그레고리의 형 오웬이었다. 그레고리 같은 대부분의 평범한 영혼들은 필수 과제만 겨우 했고… 그 숙제 하는 데만도 그레고리는 밤마다 45분이 넘게 걸렸다. 학생들 대부분이 B만 받아도 감지덕지인데… 그 B를 받기 위해서는 추가 점수가 많이 필요했다.

여러 해 동안 학부모들이 뱅스터 선생님의 채점 방식을 두고 불만을 쏟아냈지만, 돌아오는 건 코웃음뿐이었다. "학생 모두에게 A를 주면 그게 무슨 의미가 있나요? 그런 일은 내가 은퇴할 때까지 절대로 없을 겁니다." 선생님은 그저 귀에 딱지가 앉도록 들어온 주문만 반복할 뿐이었다. "A는 거저 받는 게 아니라, 노력으로 얻는 겁니다."

현재 그레고리의 역사 성적은 C−이고, 솔직히 그걸로 만족했다. 지금 그레고리가 관심 있는 건 점수가 아니었다. 뱅스터 선생님이 들고 있는 자루였다.

"향기가 느껴지나?"

뱅스터 선생님이 짙은 향을 풍기는 찻잎이 가득 담긴 자루를 들고 교실 안을 돌아다니며 물었다.

"이것은 차다. 식당에서 주문하면 나오는, 물에 타 먹는 차와는 다르다. 오오, 아니지. 이건 여러분이 레어템이라 부를 만한 물건이고, 역사의 일부이기도 하다. 차로 유명한 영국에서 보내져 식민지 개척자들이 마시던 것과 같은 종류의 차이기 때문이지."

전기 주전자에서 물 끓는 소리가 나자, 뱅스터 선생님이 교실 앞쪽으로 돌아갔다.

"그렇다. 이건 놀라운 차다. 단순한 음료가 아니야. 이 차를 통해 과거를 우려내고, 마시고, 음미하는 거지. 오늘 특별히 여러분 모두에게 차를 한 잔씩 만들어 대접하겠다. 그리고 과거 사람들의 생활에 차가 얼마나 중요했는지 보여주기 위해, 차 한 잔을 마신 사람에겐 이번 주 숙제를 면제하겠다."

순간 학생들이 흥분에 들떠 교실 안이 소란스러워졌다.

"그게 다는 아니다."

선생님이 말을 잇자, 교실이 갑자기 조용해졌다.

"차 한 잔의 가치는 나한테 귀중하다. 그래서, 여러분이 나로부터 차 한 잔의 가치를 가져가는 대신, 나는 현재 여러분 종점에서 3점을 깎겠다. 한 가지 덧붙이자면, 올해 첫 성적 평가 기간은 이번 주로 끝난다는 걸 잊지 마라. 이에 대해 항의해봤자 소용없다. 여러분에겐 선택의 여지가 없다. 차도 내 것이고, 규칙도 내가 정하는 거니까."

그레고리가 교실 안을 둘러보니 다들 새로운 제안에 고심하고 있었다. 친구 애나는 신경질적으로 머리카락을 씹으며 공책에 뭔가 재빨리 끄적거렸고, 다른 아이들도 제각기 계산을 하고 있었다. 숙제를 안 하면 버는 시간이 얼마고, 3점 깎인 걸 만회할 추가 숙제에 들어가는 시간은 얼마인가, 그리고 어찌 됐든, 숙제를 한 주 안 했을 때 평균 점수가 얼마나 깎일 것인가를 확인하는 것이다. 몇몇은 짜증을 내며 책상을 내리치기도 했다. 하지만 그러거나 말거나 선생님은 한 잔 분량의 찻잎을 신중하게 재더니 여과기에 넣어 차 만들 준비를 했다.

수학엔 완전 젬병인 데다 불리한 거래인 게 뻔해서, 그레고리는 아예 계산도 해보지 않았다. 그레고리는 뱅스터 선생님이 어떤 분인지 이미 파악했기 때문에, 지금 누굴 도와주거나 골탕 먹이려는 게 아니라 어떤 요점을 전달하려는 거라는 생각이 들었다.

선생님이 찻주전자를 높이 들어 올렸다.

"아무도 없나? 응? 정말 훌륭한 차인데 말이야."

그레고리는 의자에서 벌떡 일어났다. 선생님의 의도가 뭔지 알 것 같았기 때문이다. 그레고리는 기회가 왔다고, 행운이 찾아온 거라고 생각했다.

"그래, 그레고리 재스퍼튼 군? 차 한 잔 하겠나?"

"아니요. 선생님께 드릴 말씀이 있어요."

그레고리는 긴장해서 침을 꼴깍 삼켰다.

"무슨 말이 하고 싶은가?"

그레고리는 자리를 박차고 나가 교실 앞으로 돌진했다. 그리고 찻잎이 가득 담긴 여과기를 손에 들고 창가로 달리면서 외쳤다.

"대표 없이 과세 없다! 조세법정주의!"

그레고리가 창문을 열고 밖으로 찻잎을 날려버리자, 학생들은 놀라서 숨을 헉 들이쉬었다. 찻잎은 건물 벽 너머로 빠르게 흩어져 시야에서 사라졌다.

"모리스 중학교 티파티*입니다!" 그레고리는 최대한 의기양양하게 말했다. "저 밖은 항구고요!"

턱살이 두툼한 선생님의 얼굴에 잠시 미소가 스쳤다.

"이런, 세상에. 차 한 잔의 가치를 잃었구만. 누가 가져갔는지 말해볼 사람?" 선생님이 학생들을 바라봤다. "대답하는 사람이 아무도 없으면, 여러분 모두 성적을 3점씩 깎겠다."

알렉스가 재빨리 일어났다. "쟤가 그랬어요!" 그러고는 가위로 오려 게시판에 압정으로 박은 학교의 마스코트 곰을 가리켰다.

교실 안 여기저기서 폭소가 터졌고, 곧이어 학생들이 일제히 그레고리를 가리켰다.

"아, 이쪽이 죄인이구만." 선생님이 굉장히 고소해하면서 말했다. "자네는 두 가지를 실수했네, 그레고리 군. 어두워질 때까지 기다렸다 행동을 개시하지 않은 점, 그리고 그런 행동을 통해 얻을 이익을 공유할 사람들, 즉 자네와 뜻이 같은 동지들과 공모를 하지 않았다는 점이네."

주전자를 조심스럽게 내려놓은 뒤 선생님은 발을 끌며 책상으로 가서 가죽 장정으로 된 성적부를 꺼냈다. 그리고 그것을 책상 위에 펼친 뒤 주머니로 손을 뻗자, 모든 학생들의 몸이 앞쪽으로

*Tea Party. 미국의 조세 저항 운동을 일컫는 말. 1773년 영국 식민지 시절 무리한 세금 징수에 분노한 보스턴 시민들이 영국 정부가 과세한 홍차를 거부하면서 보스턴 항구에 수입되려던 홍차를 모두 바다에 던져버린 보스턴 차 사건(미국독립전쟁의 도화선이 됨)에서 유래되었다.(출처: 네이버 지식백과) 그레고리의 행동은 이 사건을 재연한 것이다.

쏠렸다. 선생님 주머니에는 펜이 두 개(하나는 파랑, 하나는 빨강) 들어 있었다. 그중 하나만이 좋은 소식을 가져다줄 펜이었다.

그레고리는 자신의 똑똑한 행동이 충분한 보상을 받을 거라고 기대했다. 하지만 선생님의 주머니에서 빨강 펜이 나오자, 그레고리는 자기도 모르게 목소리가 갈라져 나왔다.

"어어어어?"

"자네의 용기는 가상하지만, 이 결정에 항의는 불가하네. 징징거려도 소용없고. 물론 좋은 면도 있지. 자넨 이번 주 숙제를 안 해도 되네."

선생님이 성적부에다 빨강 펜으로 그레고리의 평점을 고쳐 썼다. 그걸 보며 학생들은 자기도 모르게 움찔했다.

"그리고, 성적을 올리기 위한 추가 과제를 하고 싶다면… 성적을 보아하니, 하고 싶을 것 같긴 하네만… 알다시피, 얼마든지 내줄 수 있다네."

성적부 닫히는 소리가 그레고리의 머릿속에 메아리쳤다. 그레고리는 지금 D를 받은 것이다. 이건 불공평한 일이다! 역사 지식도 보여줬고, 선생님의 아이디어에 장단을 맞췄는데 벌을 받다니… 잘못돼도 단단히 잘못됐다.

"넌 벌 받은 게 아냐, 그레고리." 애나가 말했다.

그레고리는 애나, 베니와 함께 매일 방과 후 '숙제 모임'을 가졌는데, 오늘은 애나의 집에서 모였다.

"언젠간 벌어질 일이었어."

"그래, 그래, 나도 알아. 그렇지만 내 행동이 수업에 도움이 된 건 맞잖아. 안 그래? 상을 받아야 했다고!"

그레고리는 우유에 초콜릿 쿠키를 찍어 먹으면서 마음을 가라앉히려 애썼다. 조금 나아지긴 했지만, 완전히 기분이 나아지려면 엄청 많은 우유와 쿠키가 필요할 것 같았다.

"떡 줄 사람은 생각도 않는데, 넌 김칫국부터 마신 거잖아. 통계학적으로 리스크가 너무 크다구." 베니가 고개를 젓더니 자기가 입은 티셔츠를 가리켰다. 정육면체 그림 위에 '고정관념을 깨라'라는 문장이 박혀 있었다. "이게 쉬운 일은 아냐. 왜냐면 사람들은 대개 이런 행동을 못 하거든. 다들 상자에 갇혀 있어. 너도 마찬가지고."

"난 상자가 보이지도 않아. 그래서 결국 사고를 치지." 그레고리는 한숨을 쉬었다. "오늘은 수학부터 시작할까?"

세 친구는 책가방을 뒤져서 수학 교과서를 꺼냈다. 이 삼총사(알렉스가 학교신문사 일이 없는 날이나, 부모님이 '잠재력을 최대한 끌어내려고' 고용한 과외 선생님들과 씨름하지 않는 날이면 종종 사총사가 됐지만)는 중학교 1학년 둘째 주부터 학교가 끝나면 거의 매일 모여서 숙제를 해왔다. 서로 돌아가면서 집에 모여 보통 저녁 먹기 전까지 같이 공부를 하고, 나중에 자기 집으로 돌아가서 각자 마무리를 했다.

그레고리는 영어 우등생이고, 베니는 과학을 끝내주게 잘하고,

알렉스는 수학 전문가고, 애나는… 음… 애나는 사실 전 과목에 약했다. 어쨌든 다들 혼자 공부할 때보다 같이 할 때 더 잘된다는 걸 알았다. 사실, 숙제 모임을 못 하게 되면 그레고리는 다음 날 숙제장에 시럽을 쏟는다든가 하는 식의 숙제 끝내기 전략을 쓰는 일이 잦았다.

그레고리의 눈에 베니는 빡빡머리인 데다 웃기는 티셔츠를 입고 다니는 걸 빼면, 착한 버전의 오웬 형이었다. 처음 몇 년 동안은 안 친했지만, 나이가 들어가며 그레고리는 베니가 똑똑하고 재미있는 친구라는 걸 알게 됐다. 다른 친구들은 베니의 유머를 안 좋아했지만, 베니 엄마가 끝내주는 만두를 만들어주셔서 그 정도는 참아줄 만했다.

애나는 새카만 머리에 몇 가닥만 파랗게 염색을 했고, 매일 원피스와 레깅스를 입고 부츠를 신으며, 귀고리를 왼쪽 귀에 세 개, 오른쪽 귀에는 하나만 한다. 그레고리는 전학 온 애나가 첫날 구내식당에서 혼자 서성거리고 있는 걸 발견했다. 애나가 겉으론 강렬하고 직선적으로 보이지만 속으론 외롭고 두려운 마음을 숨기고 있다는 게 느껴지자, 그레고리는 200킬로미터 떨어진 새 학교에서 첫날을 보내고 있을 켈리가 생각났다. 그래서 애나와 친구가 됐다. 알고 보니 애나는 착하고 재밌는 친구였다. 대중문화를 사랑하고 그레고리나 그레고리가 지금 만나는 친구들과 마찬가지로, 중학생의 전형적인 타입 중 어디에도 맞지 않았다. 애나와 새로 사귄 숙제 친구들은 그거면 충분했다.

삼총사는 힘겨운 수학 숙제를 묵묵히 해나갔다. 아니, 사실대로 말하면 그레고리는 힘든 걸 참으면서 했고, 베니는 날아다녔고, 애나는 별 진전이 없었다. 하지만 친구들과 함께 하면 과제에 더 집중이 잘됐고, 수학 문제만 보면 본능적으로 도망치고 싶어지는 그레고리로서는 그 점이 정말로 좋았다. 그레고리가 문제지 한 장을 혼자 푸는 데는 보통 한 시간이 걸리지만, 여럿이 할 때는 30분 안에 풀 때도 있었다. 덕분에 숙제 때문에 낙제하지 않을 정도는 유지할 수 있었다.

오늘도 그랬다. 그레고리가 문제를 뚫어지게 보면서 연필로 책상에 드럼을 치기 시작하자, 베니가 "분자와 분모의 위치를 바꿔 봐" 하고 알려줬다. 베니는 거꾸로 보고도 신기하게 분자, 분모 위치가 틀렸다는 걸 알아낸 것이다. 그레고리는 똑바로 보면서도 몰랐는데 말이다! 그레고리는 베니가 알려준 대로 두 문제를 다시 풀었고, 나머지도 천천히 해나갔다.

"이제 과학 시간이야."

부엌에서 쿠키를 더 담아 오면서 애나가 말했다.

한 과목을 끝내는 데 충분한 시간은 아니지만, 애나는 반드시 30분마다 다른 과목으로 넘어가도록 했다. 모든 과목을 조금씩이라도 하는 게 한두 과목만 끝내는 것보다 낫다는 생각에서였지만, 또 다른 실질적인 이유는 애나 엄마는 밖에 나가 일하고 아빠는 재택근무를 하는데, 애나 아빠가 부엌일에 (애나의 표현을 빌리자면) '처참할 정도로' 서투르기 때문이었다. 그래서 애나가 매일

식구들의 저녁을 차려야 했고, 저녁 준비를 위해서는 여섯 시 전에 숙제 모임을 마쳐야 했다. 못다 한 분량은 각자 집에 가서 마무리했다.

"초등학교 때가 그리워." 그레고리는 수학책을 넣고 과학책을 꺼내면서 말을 이었다. "숙제가 적었던 시절이 정말 그립다."

"그때보다 하루가 두 시간은 줄어든 것 같아." 베니가 끼어들었다. "재밌는 책을 읽을 시간도, 텔레비전 볼 시간도, 바이올린 연습할 시간도 이젠 없어."

"맨날 바이올린 하기 싫다더니."

"엄마가 연습하라고 계속 잔소리를 해대니까 그렇지."

그레고리는 큰 소리로 웃었다. 베니 엄마는 세상에서 제일 착한 사람 같아 보이는데, 그런 분이 잔소리를 한다는 게 상상이 안 됐다.

"오늘 난 너희들 역사 숙제 시작할 때 빠진다, 오케이?" 그레고리는 선언하듯 말했다. "안 해도 되는 날엔 좀 즐겨야지."

"넌 추가 과제 해야지." 베니가 심각하게 말했다. "D를 받았는데, 추가 과제를 낼 기간은 한 주밖에 안 남았잖아."

"음, D 그대로 받지 뭐. 3점 더 받으려면 최소한 열 시간은 더 과제를 해야 할걸? 그리고 이번 주는 시간 없어. 북태스틱에서 금요일 밤에 자유무대가 크게 열리거든. 그래서 거기 갈 준비를 해야 돼. 시도 새로 써야 하고."

북태스틱은 30킬로미터 떨어진 이웃 도시에 있는 작은 서점인데(그레고리가 사는 도시엔 10년 동안 서점이 없었다) 그레고리가 세상에서 가장 좋아하는 곳이었다. 자유무대의 밤은 늘 멋졌고, 평소엔 거의 못 보던 글쓰기 좋아하는 친구들이 잔뜩 모였다. 게다가 그레고리에겐 유명 인사나 다름없는 작가들이 가끔 공연을 하러 들렀다. 그레고리가 자작시를 낭송하자 유명한 시인이 그레고리한테 사인을 해달라고 한 적도 있었다! 그레고리는 자유무대의 밤에 빼놓지 않고 참가해왔는데, 숙제 때문에 못 가게 되는 건 정말이지 싫었다.

그레고리와 켈리가 제일 좋아하는 시인이자 소설가, 엘튼 에드워즈(지난여름 작가 캠프에 연사로 초대됐던)가 북태스틱에서 이벤트를 할 예정이었다. 그레고리는 독서 토론에 참가할 티켓과 사인 받을 책 네 권을 사려고 용돈을 모았고, 켈리에게도 티켓이 있었다. 이벤트 날짜가 발표되자, 그레고리는 머릿속 달력에다가 이 날짜에 동그라미 표시를 했다. 학교 때문에 힘들 때는 다가올 자유무대의 밤을 생각하면 힘이 났다. 많이 힘든 날에는 엘튼 에드워즈 생각을 했다. 오늘도 힘든 날이었기 때문에 그레고리의 머릿속은 온통 자유무대에 관한 생각뿐이었다.

"D를 받으면 우리 부모님은 나를 집에서 한 발짝도 못 나가게 할 거야. 그리고…" 베니의 말에 그레고리는 생각이 끊겼다. "너희 부모님 모르시지? 그렇지?"

"절대 모르시지! 오늘 있었던 일인데." 그레고리가 말했다. "그리고 성적 금방 올리면 돼. 문제없어."

친구들이 못 믿겠다는 듯 그레고리를 쳐다봤다.

그레고리는 용감한 척하려고 애썼다. 하지만 오늘 D를 받았고, 이 D가 인생을 달라지게 할 수도 있다는 사실에 대해 전혀 생각해보지 않았다. 그레고리는 그냥 잊어버리기로 했다. 바삐 몰두할 숙제가 있어 다행이란 생각이 들었다. 그레고리는 바로 과학 숙제에 뛰어들었고, 영어 숙제를 밀어붙였고, 그러다 친구들이 역사 숙제를 꺼내자 그곳을 나왔다.

집으로 가는 동안 그레고리의 발걸음이 가벼워졌다. 역사 숙제가 없다는 건 글 쓸 시간이 45분 생겼다는 뜻이다. 오늘 밤은 정말정말 행복한 시간이 될 것이다. 그레고리는 서둘러 집으로 향했다.

집에 들어서자마자, 그레고리는 문제가 생겼다는 걸 냄새로 알아차렸다. 오늘은 엄마가 "뒤죽박죽 월요일!"이라 부르는, 식구들이 돌아가며 저녁밥을 준비하는 날이다. 이번 주 담당은 오웬인데, 부엌일에 서투른 형이 음식을 데우다가 죄다 태운 것이다.

하지만 알고 보니 진짜 문제는 다른 쪽에 있었다.

"학부모 포털 사이트에서 오늘 네 성적을 확인했다, 그레고리."

반쯤 숯덩이가 된 음식을 먹으려고 온 가족이 식탁에 둘러앉자 그레고리의 엄마가 입을 열었다. 엄마는 머리를 뒤로 묶고 있었는데, 회계 일을 마치고 집에 온 지 한 시간이 지났는데도 여전히 귀 뒤에 연필이 꽂혀 있었다.

"비밀번호를 잊어버렸다고 하셨잖아요!"

그레고리는 자기도 모르게 큰 소리로 외쳤다. 한 순갈도 음식을 안 먹었는데, 위장이 꼬이는 느낌이 들었다.

"새 비밀번호를 받았지. 방법은 너도 알잖아. 이번 주 끝날 때까지 성적이 그대로면, 안됐지만 넌 외출 금지야."

엄마의 목소리는 단호했지만, 화가 난 건 아니었다. 그래도 그레고리는 마치 비수에 찔린 느낌이었다.

"뭐라고요? 불공평해요! 아직 성적표는 나오지도 않았잖아요."

"그런다고 뭐가 달라지겠어." 오웬이 조용히 말했다.

"금요일이면 한 학기 절반이 끝나, 그레고리. 그게 네 성적이야. 이 얘기는 수도 없이 했고, 더 이상 말할 게 없을 텐데?"

엄마는 그레고리한테 종종 단호한 태도를 보이곤 하지만, 오늘 밤은 유독 심한 것 같았다.

"엄마, 금요일 밤에…."

그레고리가 뭐라고 대꾸하려는 걸 아빠가 가로막았다.

"자유무대의 밤이 너한테 많이 중요하단 건 안다, 그레고리. 하지만 네 성적도 중요해."

아빠는 약간 짜증이 난 목소리였다.

"진짜로 그러실 건 아니죠?" 그레고리는 우는소리로 말을 이었다. "저, 꼭 가야 해요. 제가 어떡하면 보내주실 건데요?"

"D는 안 된다고 했잖아. 그러니까 역사 성적을 올려." 엄마가 간단명료하게 말했다.

"당연한 거잖아. 안 그래?" 아빠가 친절하게 덧붙였다.

"시험은 다 통과했어요. 내용은 배우고 있어요! 그게 중요한 거 아녜요?"

"규칙은 지키라고 있는 거야, 그레고리." 엄마가 얘기 다 끝났다는 투로 딱 잘라 말했다.

가족들은 모두 불편한 자세로 식탁 앞에 앉아 있었고, 들리는 건 오웬이 밥을 씹는 소리와 케이가 접시의 밥과 콩을 포크로 뒤섞는 소리뿐이었다.

"이런 말 할 분위기는 아니지만…" 케이가 한참 머뭇거리다 말했다. "저, 오늘 수학 시험에서 100점 받았거든요?"

다른 사람이 그런 말을 했다면 그레고리는 속이 상했을 것이다. 케이가 잘한 게 자기가 못한 것과 상관없다는 걸 알면서도 말이다. 하지만 가족 중에 자기편이 되어줄 사람은 케이뿐이라는 걸 잘 알기 때문에 그레고리는 아무렇지도 않았다.

잠시 후 다시 대화가 이어졌고, 그레고리는 말없이 생각에 잠겼다. 어쩌면 역사 성적을 올려줄 추가 숙제를 하는 게 가능할지도 모른다… 뱅스터 선생님의 추가 숙제는 분량이 많고 후다닥 해치울 수 있는 것도 아니지만. 만약 다른 과목 숙제를 전부 생략한다면, 아프다고 전화하고 학교에 안 간다면, 잠을 포기한다면, 그리고 정말로 운이 좋다면 가능하지 않을까?

베니가 말한 대로 학교 끝나자마자 추가 숙제를 시작했다면 가능했을지도 모른다. 역사 수업 시간에 그런 짓을 하지 말았어야 했다.

하지만 이미 엎질러진 물이다. 시간을 되돌릴 수는 없다. 그러니 지금 문제를 해결할 방법은 정말 하나밖에 안 남았다.

학부모 포털 사이트를 해킹 해서 성적을 고치고, 뱅스터 선생님의 성적부를 훔쳐서 증거를 모조리 없애는 것이다.

하지만 가능해 보이지도, 현명해 보이지도 않고, 옳지도 않은 일이다. 그레고리는 이 모든 상황이 불공평하게 느껴졌다. 그 많은 숙제만 아니면 성적이 더 잘 나왔을 텐데. 추가 과제 할 시간도 있을 텐데.

그레고리는 정말정말 자유무대의 밤에 가고 싶었다. 거기서 자기 글을 켈리한테 보여주고 싶었다. 켈리와의 약속이었다. 이제는 못 하게 됐지만. 단, 만약….

그래. 단, 만약. 그레고리가 좋아하는 작가인 닥터 수스는 늘 만약의 경우란 게 있다고 말했다. 이제, 지금 상황에서 '만약의 경우'가 뭔지 알아내야만 한다.

그레고리는 그만 먹겠다고 말하고, 서둘러 자기 방으로 돌아갔다. 해야만 하는 일이 생겼고, 그레고리를 막을 사람은 아무도 없다. 단, 만약….

내 간청은, 거절당했어.

나는 허탈해졌지.

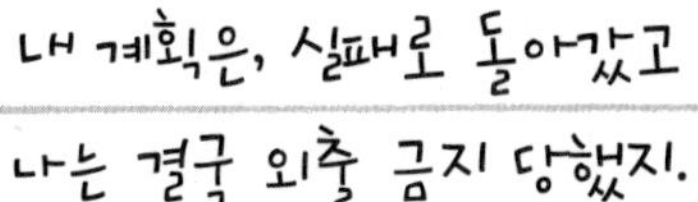

"친구야," 다음 날 아침 등굣길, 그레고리 옆에서 스케이트보드를 타며 알렉스가 말했다. "논쟁을 해도 넌 승산이 없어. 상대는 뱅스터 선생님이야. 그냥 포기하는 게 나아. 당장."

"내 말에도 일리는 있다구."

"선생님 생각은 다르실걸." 알렉스는 학교로 향하는 오르막길을 천천히 힘주어 올라갔다. "네 계획은 내가 오르막길을 스케이트보드 타고 올라가는 것만큼이나 안 좋은 생각이야."

"내 계획이 더 나빠." 그레고리는 순순히 인정했다. "뇌물을 드리면 어떨까?"

"내 생각에, 선생님은 네 성적 갖고 노는 걸 정당화해줄 구실을 찾고 있는 거야. 그리고 어, 글쎄다, 넌 이미 선생님께 그걸 드렸잖아."

"다음번 자유무대의 밤까진 몇 달이나 기다려야 한단 말이야! 난 절박해, 알렉스. 정말 완전 절박해."

"수업 시작하기 한참 전에 네가 선생님을 찾아간다는 걸 보니, 얼마나 절박한지 알겠다." 알렉스가 웃으며 말했다.

두 소년도 들어서 알고 있었다. 일주일에 두 번 있는 뱅스터 선생님의 아침 상담에 간 사람이 지난 25년간 아무도 없었는데, 아침 상담에 갔던 학생들이 일부러 뱅스터 선생님이 괴롭히기라도 한 듯 결국 죄다 낙제를 했기 때문이라는 얘기 말이다. 소문에 의하면, 끝없이 사기를 꺾고 몰아대는 바람에 마지막으로 아침 상담에 갔던 몇몇 학생은 결국 학교를 그만뒀고, 그 뒤로 어떻게 됐는지 아무도 모른다고 한다. 단지 소문일 뿐일 수도 있지만, 뱅스터 선생님의 아침 상담에 아무도 가지 않는 건 변함없는 사실이었다. 그래도, 절박한 상황에는 절박한 수단이 필요한 법이다.

학교 건물이 어렴풋이 눈에 들어왔다. 등교 시간보다 15분쯤 이른 시각인데도 학생들이 제법 모여 있었다. 운동 좀 하는 애들, 헤어스타일과 옷에 목숨 거는 애들, 중학교 계급의 꼭대기 애들과는 아주 거리가 먼, 숨어서 게임만 하는 애들 등등. 모두 자기 외엔 아무것에도 관심이 없는 애들이었다.

"여기가 정말 싫어질 것 같아." 그레고리가 중얼거렸다.

"긍정적으로 생각해. 길고 긴 인생에서 고작 3년이잖아!" 알렉스가 양손 엄지를 치켜들고 바보같이 히죽 웃으며 말했다.

"행운을 빌어줘."

"제발 살아 돌아와라, 친구야." 안으로 들어가는 그레고리를 보며 알렉스가 외쳤다. "그리고 행운을 빈다!"

그레고리는 긴장을 풀려고 심호흡을 하며 터덜터덜 계단을 올라갔다. 밤새 오늘 해야 할 말을 연습했고, 설득력 있는 말을 준비하느라 글 쓸 시간과 다른 과목 숙제를 끝낼 시간까지 다 써버렸다. 자유무대의 밤에 못 가게 돼서 그렇다는 말을 해서는 절대로 안 먹힐 테니 말이다.

계단을 올라갈수록 책가방이 점점 더 무거워졌다. 3층에 다다르자 아래층에서 들리던 소리들이 점점 희미해졌고, 이젠 심장 뛰는 소리까지 들렸다. 그레고리는 마음을 단단히 먹고 마지막 계단을 오르기 시작했다.

모퉁이를 돌아 올라가니 머리 위로 뱅스터 선생님 교실의 문이 보였다. 그걸 본 순간 그레고리는 뒤돌아서 숨을 몰아쉬며 3층으로 허둥지둥 내려갔다. 도저히 용기가 나지 않았다.

그런데 갑자기 위층에서 문이 삐걱거리는 소리가 났다. 계단을 내려오는 발소리가 들리자, 그레고리는 겁이 나서 어쩔 줄 몰랐다. 도망쳐야 할지, 태연한 척 선생님을 맞아야 할지, 결정할 수가 없었다. 그 자리에 얼음처럼 굳어 서 있는 게 전부였다.

그레고리의 눈에 계단을 내려오는 애나의 모습이 들어왔다. 아직 애나는 그레고리를 못 본 듯했다. 숨을 시간은 충분했지만, 그레고리는 너무 놀라서 꼼짝달싹할 수가 없었다.

"안녕, 그레고리." 애나가 다가오며 인사했다.

"애나 넌 여기서 뭐 해?"

애나는 뱅스터 선생님 교실에서 나왔는데도 멀쩡히 살아 있었다. 그건 좋은 신호였다. 그런데… 애나는 거기서 뭘 한 걸까?

"어… 뱅스터 선생님께 다녀오는 길이야. 너도 거기 가는 거야?"

애나가 계단을 다 내려와 그레고리 옆에 멈춰 섰다.

"깜빡했네, 네가 전학생인 걸. 넌 역사를 모르지."

"내가 역사를 알았다면 선생님 뵈러 올 필요도 없었겠지." 애나가 어깨로 그레고리를 툭 치더니 미소 지으며 아래층으로 걸음을 옮겼다. "잘 해봐!"

그레고리는 애나가 내려가는 걸 지켜봤다. 레깅스가 머리카락과 잘 어울려 멋져 보였다. 이렇게 애나와 마주치고 나니 그레고리는 집중력이 흐트러졌다. 그래도 애나가 뱅스터 선생님을 만나고도 아직 살아 있는 걸 보니, 어쩌면, 정말 어쩌면, 생각했던 것보다는 희망이 있는 것도 같았다.

가방끈을 단단히 쥐고, 그레고리는 마지막 계단을 오르기 시작했다. 이제 돌아갈 길은 없다. 멀쩡히 살아서 나오기만 바랄 뿐.

역사 교실 문을 열자, 곧바로 뱅스터 선생님이 그레고리를 맞이했다.

"자네가 여길 오다니 좀 놀랍군."

"저도 여기 오게 될 줄은 몰랐어요."

"오늘 아침엔 뭘 도와주면 되겠나?"

뱅스터 선생님이 책상 반대편 의자를 가리켰다.

"제가 받은 성적이 불공평하다는 말씀을 드리려고 왔어요."

그레고리는 의자에 앉으며 안도의 한숨을 내쉬었다. 최소한 하고 싶었던 말은 했다.

"그런 소리 한 학생이 전에도 있었지. 앞으로도 나오겠지만. 왜 불공평하다고 생각하나? 혹시 어제 3점 깎은 걸 말하는 건가?"

"꼭 그런 건 아니에요. 제가 하고 싶은 말은, 어제 제가 한 행동이 꽤 괜찮았다고 생각하거든요. 역할극 하면 안 된다곤 안 하셨으니까요. 저는 차 한 잔의 가치를 가져간 거였어요. 선생님이 3점 돌려주겠다고 하시면, 싫다곤 안 할게요."

"요점을 정리해줘서 고맙네. 그래. 하지만 규칙을 어기면 늘 대가가 따르지. 이것도 수업의 요점 중 하나였다네. 내가 펜을 검처럼 휘둘러 평균 성적의 심장을 가르며 표현한 게, 바로 그거지."

"어이쿠."

"물론 아프겠지. 자, 그 3점 말고, 불공평하게 생각되는 게 뭔가?" 선생님이 책상 서랍을 열고 머그잔을 꺼내며 물었다. "차 마시겠나?"

"아뇨, 괜찮아요." 그레고리는 숨을 크게 들이쉬고 말을 이어갔다. "저는 역사 시험도 잘 보고 있고, 깜짝 작문 숙제도 잘하고 있고, 수업에 잘 참여하고 있어요. 제가 A 못 받을 거란 건, 저도 알아요…."

"네 형은 받았지. 정말… 뭐랄까… 흥미로운 학생이었지. 계속하게."

뱅스터 선생님이 머그잔에 차를 따랐다.

“하지만 C는 충분히 받을 수 있어요. C 플러스도요. 제 성적을 깎는 건 바로 숙제 점수예요.”

그레고리는 뒷주머니에서 종이 한 장을 꺼내, 접힌 부분을 잘 펴서 책상에 올려놓았다.

“이걸 보시면요, 저는 숙제 때문에 성적이 깎여요. 이건 공평하지 않은 것 같아요. 저는 선생님이 가르치시는 걸 배우고 있어요. 그게 가장 중요한 거 아닌가요?”

선생님이 그레고리가 책상에 올려놓은 종이를 들여다봤다.

“흥미롭군. 이걸 자네 혼자서 알아냈나?”

“알렉스가 도와줬어요. 수학은 제가 잘 못해서요.”

“나도 잘 못하네. 그래도 상관없어. 자네 계산이 맞을 거라고 믿겠네.”

뱅스터 선생님이 잠시 말을 멈추자, 그레고리는 희망에 가득 찼다. 수학, 다른 것보다도 수학이 그레고리의 주장에 설득력을 실어주고 있었다. 자유무대의 모습이 머릿속에서 춤을 췄다. 자유무대에 갈 수 있다….

“숙제를 다 해오지 않고, 그게 자네 성적을 깎아 이 지경까지 됐는데, 그렇다고 나를 찾아오다니. 자네는 내가 가르치는 걸 제대로 배우지 못하고 있는 거네, 그레고리 군. 숙제를 내줄 땐 다 이유가 있는 거라네.”

“이유가 없다고는 안 했어요.”

“그래, 그런 말은 안 했지. 하지만 내 말을 잘 듣게. 숙제를 내주는 덴 이유가 있어. 가르칠 게 있어서 내는 거지. 정말 간단한 문제라네."

뱅스터 선생님이 말을 멈추고 차를 한 모금 마셨다.

그레고리는 이제 더는 말하면 안 된다는 걸 깨달았다. 이제 일어나서 나가야 한다. 그레고리는 계산한 종이를 선생님에게 다시 내밀었다.

"학생들 힘들게 하려고 숙제를 내주시는 거잖아요! 저한테는 정말 소중한 일을 못 하게 하시려고요! 저는 이해가 안 돼요. 정말로 안 돼요, 뱅스터 선생님."

그레고리는 일어서서 책가방을 집어 들고 문으로 향했다. 그레고리가 문을 열자, 선생님이 차분히 말했다.

"답은 역사에 있네, 그레고리 군. 자네라면 분명히 알아낼 거야."

그레고리는 뒤돌아서 잘난 척하며 비꼬는 선생님 표정을 보려 했지만, 그레고리가 마주한 건 반짝반짝 빛나고 있는 선생님의 짙고 푸른 눈이었다.

"역사를 무시하는 사람은 결국, 역사 속 실수를 되풀이하는 법이네."

"그리고 역사 숙제를 무시하는 사람은 역사 수업을 다시 들어야 하고요."

그레고리가 방을 나서며 툴툴거리자, 뒤에서 뱅스터 선생님의 웃음소리가 메아리쳤다.

"기막히는 얘기구만! 와줘서 정말 기쁘네. 몇 분 있다 또 보세!"

그레고리는 문을 닫고 서둘러 계단을 내려갔다. 그토록 거창했던 '만약의 경우'는 눈앞에서 놓쳐버렸고, 그저 바라는 게 있다면 무사히 집으로 돌아가 이불 속에 숨고 싶을 뿐이었다. 하지만 그레고리는 아침 수업 종이 칠 때까지 기다렸다가 또 하루를 버텨야만 했다.

"희망이 없어."

그레고리는 베니네 집 식탁 밑에 털썩 쓰러졌다. 어찌 됐든 하루를 잘 버텼고 이제 알렉스, 애나, 베니와 함께 있으니 감정이 너무나 복받쳤다.

"난 숙제가 싫어. 정말 싫어."

"아이고, 나만 그런 줄 알았는데." 의자에 앉아 있던 애나가 말했다.

"그게 대체 무슨 말이야? 답은 역사에 있다? 답은 이거야. 선생님들이 자기들도 우리 나이 때 숙제를 해야 했으니까 아이들한테 복수를 하는 거지. 그게 우리가 숙제를 하는 이유야."

"난 모르겠어, 친구. 난 공부하는 습관을 붙이라고 내주는 건 줄 알았는데." 알렉스가 말했다.

"그리고 더 잘 배우라고." 애나가 덧붙였다.

"그날 배운 걸 복습하게 해주고." 알렉스가 만두를 씹으면서 말했다.

"더 많은 걸 가르쳐주고." 베니가 끼어들었다.

"거기다, 우리가 말썽 부리지 않게 해주고." 애나가 또 덧붙였다. "뭐 빠진 거 있나?"

"있지. 더 나은 미래를 가져다주고." 베니가 입에 만두 하나를 던져 넣으며 말했다.

"현재를 망치고가 더 맞는 말이지." 그레고리도 만두를 먹으려고 일어서며 말했다.

"이거 정말 맛있어요, 아주머니!" 알렉스가 소리쳤다.

"고맙구나, 알렉스." 베니 엄마의 대답이 집 안 어디선가 작게 들려왔다. "이제 숙제들 하거라!"

"우리 부모님은," 베니가 속삭였다. "우리가 모이면 숙제만 한다고 좋아하셔. 그럼 더 많이 배우는 줄 아시나 봐."

"난 한 번도 숙제하면서 뭘 배운 적은 없어."

그레고리는 만두를 골라 접시에 담고는 펼쳐놓은 수학책 앞 의자에 앉았다.

"그건 해당 안 돼, 그레고리. 왜냐면 넌 무조건 안 배우니까!" 알렉스가 강조 효과를 내려고 연필 두 자루를 집어 식탁에다 드럼을 쳤다. "이제 쇼를 시작하자구! 애들아, 난 일찍 갈 거야. 몇 시간짜리 숙제를 97분 만에 해야 한다구!"

"갈수록 더 힘들어지겠지." 그레고리는 교과서를 펄럭거리며 말을 이었다. "학년 올라갈수록 힘들어져서 3학년이 되면 하루 25시간 숙제를 해야 될 거야."

"널 만난 게 난 너어어어어어무 좋다, 그레고리." 애나가 웃음을 터트렸다. "넌 내 검은 드레스의 어둠에 비치는 빛과 같아."

"네가 본 건 빙산의 일각이야, 애나. 작년에 시 전체 수학 경시대회에 나가려고 준비할 때에 비하면 이건 아무것도 아니야. 우리 친구 그레고리는 코미디의 왕이라구. 유후후~" 알렉스가 그레고리의 목소리를 흉내 내며 말을 이었다. "난 저어어어어어얼대 수학 통과 모오오옷해요. 어떡하지? 도와줘요, 오비완 케노비*. 나의 유일한 희망이여!"

베니와 애나가 키득거렸고, 그레고리도 피식 웃음이 나왔다.

"숙제는 변수가 아니야, 그레고리." 베니가 어깨를 으쓱하며 말했다. "숙제는 항수야. 기를 쓰고 끝내려 해야 돼. 싸우는 데 힘 빼지 말고. 그게 더 마음 편할 거야."

그레고리도 친구들 말이 다 옳다는 걸 알았다. 하지만 그레고리는 학교가 힘들었다.(수업이 끝날 쯤엔 기진맥진해져 녹초가 되었다.) 숙제는 더 힘들었다. 그레고리 생각엔 뭔가가 안 맞는 듯했다. 필요 없어 보이는 지식과 쓸 일 없어 보이는 기술에는 엄청 집중하면서, 자기가 앞으로 하고 싶은 일을 위해 중요하다고 생각되는 것들을 연마할 시간은 없다. 하지만 어른들은 죄다 그런 지식과 기술이 언젠가 필요할 거고, 꼭 해야만 하는 일이라면서, 진짜 중요한 게 뭔지 더 크면 알게 될 거라고 말한다.

*영화 〈스타워즈〉 시리즈에 등장하는 은하공화국 소속의 제다이 마스터.

오웬과 케이가 원래 공부 잘하는 유전자를 타고났다는 사실은 위안이 되지 못했다. 오웬은 물개가 수영하듯 숙제를 했고, 전 과목에서 A를 받았다. 케이는 초등학교 5학년밖에 안 되지만 벌써 온라인으로 고등학교 강좌를 듣고 있고, 그러면서도 친구들과 어울려 놀 시간이 많았다. 그레고리만 좀 다르게 생겨먹었는데, 올해는 그 사실이 별로 달갑지 않았다.

그런 것에 크게 신경 쓰며 살지 않았는데, 중학교에 와보니 그게 아니었다. 모두들 그레고리보다 뭐든 잘하는 것 같았다. 그레고리는 인기가 있는 것도, 성적이 좋은 것도 아니고, 스타 운동선수도 아니었다. 그레고리에겐 자유무대의 밤이 유일한 버팀목이자 희망이었다. 그런데 그게 날아가버린 것이다. 그레고리는 그래서 모든 게 싫어졌다.

그레고리는 숙제에 전혀 집중이 안 됐고, 90분 동안 앉아서 거의 한 게 없었다. 역사 숙제로 넘어갈 때가 되자 그레고리는 또다시 친구들을 떠나 집으로 갔다. 집에 도착하니 케이가 앞마당에서 훌라후프를 돌리고 있었다.

"NASA에서 훌라후프를 연구했던 거 알아?" 케이가 말했다. "그건, 내가 지금 하는 게 로켓 과학에 들어간다는 뜻이야. 내 생각엔."

"넌 진짜 로켓 과학 강좌를 듣는 줄 알았는데."

그레고리는 책가방을 내려놓고 케이 옆의 훌라후프 더미에서 한 개를 집어 들었다.

"내년쯤 들을 거야. 지금 생각해보니까, 놀지 않고 공부만 하면 오웬 오빠를 따라잡을 수 있겠네."

그레고리는 훌라후프를 허리에 두르고 휙 돌렸다. 훌라후프가 골반을 치자 그레고리는 곧장 리듬을 탔고, 그레고리와 케이는 같이 훌라후프를 돌렸다.

"내 숙제 좀 대신 해줄래?" 잠시 후 그레고리가 여동생한테 물었다. "돈이든 뭐든 줄게."

"돈 필요 없어, 오빠. 숙제를 대신 해줄 생각도 없고."

케이가 훌라후프를 돌리면서 손을 뻗어 하나 더 집었다.

"그냥 한번 물어봤어."

케이가 두 번째 후프를 원반처럼 잡고는 오빠를 향해 빙그르르 토스했다. 그레고리는 정확한 각도로 손을 높이 들었고, 눈 깜짝할 사이 두 번째 후프가, 그레고리 허리에서 돌고 있는 첫 번째 후프 위로 얹혔다.

"뱅스터 선생님이 오빠를 잡아먹진 않았나 보네."

"실은 잘해주셨어. 그리고 나보다 애나가 먼저 선생님 방에 갔더라. 얼마나 놀랐는지 몰라."

"왜 거기 갔대?"

"심장이 튀어 나오려는 걸 막느라 못 물어봤어. 뭐, 분명 숙제 때문이었을 거야. 숙제는 지겨워. 숙제 같은 거, 애초에 안 생겼더라면 좋았을 텐데."

"그걸로 시를 써봐." 케이가 제안했다. "기분 좀 나아질 거야."

"점수 받으려고 내는 거 아니면, 소용없어."

"와우~ 이제 오빠한테 시가 그 정도밖에 안 된다니, 나도 숙제가 싫어지네." 케이가 걱정스럽게 오빠를 쳐다봤다. "미안."

"괜찮아."

"성적은 올릴 수 있는 거지?" 케이가 정말로 걱정이 돼 물었다. 그레고리는 엄지를 척 들어 보였다. "잘됐다. 오빠가 자유무대의 밤에 못 가는 거 싫거든. 오빠가 제일 좋아하는 엘튼 에드워즈도 오는데…."

"그건 절대로 안 돼! 절대. 거짓말이든, 커닝이든, 도둑질이든, 뭘 해서라도 꼭 갈 거야."

"숙제를 하면 되잖아."

"네가 보기엔, 내가 노력을 안 하는 거 같아?"

"노력하는 거 알아." 케이가 말했다. "나도 답을 알았으면 좋겠네."

그레고리는 갑자기 동작을 멈췄다. 훌라후프가 몽땅 바닥에 떨어졌다.

"답은 역사 속에 있다."

"뭐라고?"

케이도 훌라후프를 멈춰 세웠다.

"아무것도 아냐." 그레고리는 책가방을 열고 안을 뒤졌다. "아마 여기 있을 거야…."

그레고리는 뱅스터 선생님의 추가 숙제 목록을 꺼내서 재빨리 훑어 내려갔다.

"뭐가 있는데?"

"그렇지!"

그레고리는 두 손을 높이 들었다.

"이거야! 이거! 이거였어! 추가 숙제를 해야겠어!"

케이는 집 안으로 들어가며 연신 소리 지르는 오빠를 물끄러미 바라봤다.

"숙제! 숙제! 숙제!"

여동생이 자기를 이상하게 보든 말든, 그레고리는 상관하지 않았다. 숙제할 시간이고, 이제 희망이 생겼기 때문이다.

3

발명가라고?
고문자다!
결국엔
원망이 따르리라.

저녁을 먹자마자, 그레고리는 케이와 함께 쓰는 컴퓨터 앞에 앉아 인터넷에 접속했다. 컴퓨터는 부엌 구석의 낡아빠진 책상 위에 있었다. 부모님이 누구의 방에도 컴퓨터를 들여놓지 못하게 했기 때문에, 오웬의 컴퓨터는 아빠와 같이 쓰는 다락의 사무실에 있었고, 그레고리와 케이는 인터넷 쓸 일이 있을 때 부엌의 공용 컴퓨터를 써야 했다.

뱅스터 선생님의 추가 과제는 쉽게 되는 게 아니고, 빨리 끝낼 수 있는 것도 아니었다. 다행인 건 그레고리는 성적을 다시 C-로 1점만 올리면 되기 때문에 어려운 숙제를 고를 필요는 없다는 것이고, 불행인 건 결국… 결국… 어쨌든 역사 숙제를 하게 됐다는 것이다. 그리고 시간은 3일밖에 남지 않았다.

뱅스터 선생님의 숙제 목록에는, 독립전쟁 이전에 미국 역사에 큰 영향을 미쳐 오늘날까지 이어지게 한 인물에 대한 보고서를 쓰는 것도 있었다. 교과서에 나오지 않은 사람이어야 하고, 주요 자료를 최소 두 개는 조사해야 하고, 각주를 달아야 하며, 해석 무용*도 하나 해야 한다. 하지만 그레고리에게 그런 건 지금 아무래도 상관없었다. 그냥 보고서가 될 만한 게 있는지 찾아보려는 거였다.

구글에 이것저것 검색어를 입력해보던 그레고리의 입이 갑자기 귀에 걸렸다.

“안녕하세요, 로베르토 네빌리스!” 그레고리는 컴퓨터 화면을 봤다. “개인적인 감정은 없어요. 그냥 댁이 싫어요.”

다음 몇 시간 동안, 그레고리는 인터넷을 뒤져 로베르토 네빌리스에 대해 찾을 수 있는 건 다 찾았다. 그는 이탈리아 베네치아 출신의 교사로, 사실상 1095년에 숙제를 발명했을지도 모르는 인물이었다.

온라인 출처는 대략적인 내용만 담고 있었지만(위키피디아에는 이 사람이 언급도 안 됐다. 뱅스터 선생님이 위키피디아를 주요 자료로 쓰는 걸 허락하지도 않겠지만), 누군가가 이 무서운 숙제를 창조한 인물로 지목되었다는 사실만으로도 그레고리에겐 충분했다.

11세기 후반이라는 시대 배경도 마음에 들었다. 지난해 그레고리는 13세기에 역시 이탈리아에 살았던 수학자, 레오나르도 피보나치에게 구원을 받았더랬다. 이런 우연의 일치가 어디 있겠는가? 그때 그레고리는 켈리와 함께 작가 캠프에 가기 위해 부모님

*interpretive dance. 여기서는 연구자가 자신의 논문 내용을 춤으로 표현하는 것을 말한다.

허락을 받으려고 수학 경시대회를 준비하다가, 피보나치수열에서 영감을 얻은 새로운 형태의 시를 써서 위기를 모면했다.

그레고리는 문서를 몇 장 출력하고, 독립전쟁 이전에 미국의 아이들이 실제로 학교에 다녔는지 확인하기 위한 조사를 조금 하고는, 지금은 여기까지만 하기로 했다. 이제 보고서를 써서 뱅스터 선생님에게 제출하면 평점을 1점 올리고, 동시에 자기 의견도 주장할 수 있다. 이건 모두가 이기는 일이다. 잠시나마, 그레고리는 로베르토 네빌리스에게 정말 고마운 마음이 들기까지 했다.

자신을 구원해줄 아이디어가 떠오른 데 신이 나서, 그레고리는 출력한 문서를 집어 들고 방으로 향했다. 그레고리는 지하실의 자기 은신처를 좋아하지만 거기로 가는 마지막 단계는 결코 좋아할 수가 없었는데, 긴 복도를 따라 오웬과 케이가 받은 상들이 액자에 담겨 온통 벽을 뒤덮고 있기 때문이었다. 그래도 지난여름 아빠가 수학 경시대회에서 그레고리가 쓴 피보나치수열 시 액자와 대회 참가 인증서를 걸어주신 덕분에 이제는 그 복도가 그리 기분 나쁘지 않았다. 그레고리의 것에 '최고', '훌륭한' 같은 말은 없지만 말이다.

방에 도착하자마자, 그레고리는 휴대폰에 손을 뻗었다. 오늘 밤 켈리와 통화를 하기로 약속했기 때문이다. 켈리가 이사 간 뒤로는 대개 이메일로 연락했는데, 글 쓰는 걸 좋아하는 두 사람에겐 안성맞춤으로 보였다. 하지만 켈리와 직접 이야기를 나누다 보면 그레고리의 마음이 훨씬 차분해졌다.

"뭘 했다고?" 그레고리가 수업 시간에 벌인 티파티에 관해 말하자, 켈리가 물었다.

"정말 그렇게 말한 거야?" 켈리가 여자애들은 크로스컨트리 경기를 하면 안 된다는 육상부 주장에게 어떻게 따졌는지 설명하자, 그레고리가 물었다.

그런 뒤 켈리는 자기가 쓰고 있는 책의 몇 페이지를, 그레고리는 외출 금지에 대해 쓴 시를 읽어줬다. 또 켈리는 전학생으로서의 생활이 얼마나 힘든지를, 그레고리는 애나가 새 친구들과 어울리려고 얼마나 노력하는지를 해줬다. 밤새 이야기를 나눠도 모자라겠지만, 어느덧 통화를 마무리할 시간이 다가왔다. 부모님이 통화 시간을 30분으로 제한해뒀기 때문이다

"넌 성적 좀 올려야겠다." 켈리가 말했다. "리포트를 쓰면 되잖아."

"나도 그랬음 좋겠어. 금요일 북태스틱에 진짜 가고 싶어."

"네가 못 오면…" 켈리가 속삭이듯 나지막한 목소리로 말했다. "정말 실망할 거야."

"그런 일은 절대 없어. 약속해."

이 말을 하자마자, 그레고리는 그렇게 말한 걸 후회했다.

켈리는 그레고리가 어리석게 굴 때 그걸 가장 잘 깨닫게 해주는 사람이었다. 그런 켈리가 옆에 없으니, 그레고리는 늘 걱정이 됐다.

"네가 여기 살고 있다면 정말 좋을 텐데."

"나도 그래, 그레고리. 나도."

조금 뒤 그레고리는 전화를 끊고 방 한쪽 끝의 벽으로 갔다. 아빠가 몇 년 전 그 벽에 칠판용 페인트를 칠했다. 거기에 아빠가 그레고리가 풀도록 수학 공식을 적어주곤 했지만, 올해부터는 그레고리 맘대로였다. 그레고리는 분필을 찾아 큰 글씨로 이렇게 적었다.

역사 숙제 하기!

금세 잘 시간이 되었다. 그레고리는 자기가 쓴 노트를 조심스레 책가방 속에 넣었다. 그리고 불을 끄기 직전, 자유무대를 위해 쓴 시를 꼼꼼히 읽어봤다. 긍정적으로 생각하면 일이 잘 풀린다고 엄마는 항상 말했다. 북태스틱의 금요일 밤 행사에 꼭 갈 거라고 믿는 것만큼 긍정적인 생각은 없었다.

그레고리는 자면서 시들이 숙제장들의 뒤를 쫓는 꿈을 꾸었다. 시들이 이겼다. 그레고리 생각에 그건 분명 좋은 징조였다.

학교에서의 나날은 피할 수도 없이 밀물과 썰물처럼 오고 갔다. 그레고리는 점심시간에 친구들과 어울리는 대신, 슬쩍 빠져나와 학교 도서관에 가서 숙제를 했다. 로베르토 네빌리스에 관한 걸 더 찾진 못했지만, 식민지 시대 학교에 대한 쓸 만한 정보를 거머쥐었다.

학교가 끝나고 숙제 멤버들과 알렉스네 집으로 함께 걸어가며 그레고리는 자기 계획을 말해줬다.

"숙제를 제대로 안 해서, 숙제에 대한 숙제를 하겠다는 거구나." 베니가 들은 걸 머릿속으로 정리하며 말했다.

"그렇게도 볼 수 있겠다." 그레고리는 인정했다. "추가 숙제이긴 하지만."

"정말 다섯 장짜리 숙제를 금요일 아침까지 쓴다고?" 앞서 걷던 애나가 몸을 돌려 물었다.

"쓰는 건 문제가 안 돼."

"이건 시가 아니잖아!" 알렉스가 덧붙였다.

"친구야, 난 시 말고 다른 글도 써. 알잖아."

"숙제를 발명했다는 로베르토 네빌리스라는 사람, 정말 싫다."

애나가 이렇게 말하고, 홱 돌아 다시 앞을 보고 걸었다.

"그 사람이 안 했더라도, 누군가 했을 거야." 베니가 끼어들었다. "죽은 사람 미워하느라 힘 빼지 마. 죽은 사람 맞지?"

"죽은 지 적어도 900년은 됐지. 지금 문제는 그 사람에 관한 쓸 만한 정보를 못 찾았다는 거야. 그래서 이따가 도서관에 가보려고. 너희들, 나 없어도 괜찮지?"

"영어 숙제 하다 물어볼 게 있음 전화할게." 베니가 말했다.

"다섯 장이라…." 머리를 흔들며 애나가 말했다.

"행운을 비네, 제다이 제자여." 알렉스가 주특기인 요다 목소리를 흉내 내서 말했다. "그리고 기억하게. 시도만 하면 안 되네. 추가 과제를 반드시 해내야 하네. 주요 자료를 최대한 많이 찾도록 하게."

"오케이, 마스터."

그레고리는 뒤도 안 돌아보고 알렉스한테 엄지 두 개를 척 들어줬다. 이제 사나이가 숙제 미션을 떠날 때이고, 더 이상 지체할 시간이 없었다.

그날 밤, 그리고 다음 날에도 그레고리는 시간 날 때마다 조사하고 쓰고, 쓰고 조사했다. 숙제를 하기 위해 친구들을 만나지도 않았고, 수학 쪽지시험 공부도, 글쓰기도, 매일 하던 독서도, 스페인어 연습도 안 했고, 잠도 평소 자던 만큼 못 잤다. 지금은 그게 문제가 아니었다. 중요한 건 숙제였다.

그레고리는 늘 자료 조사가 쓰는 것보다 어려웠다. 예전 같으면 문장 실력으로 적당히 포장했겠지만, 조잡하게 조사한 흔적이 발견되면 그 즉시 뱅스터 선생님이 과제물을 통째로 버릴 거라는 건 모두가 아는 사실이었다. 그레고리는 추가 과제로 A를 받을 필요는 없었지만, 잘못하면 빵점을 맞을 수도 있었다.

문제는 그레고리가 과제의 주제로 삼은 로베르토 네빌리스에 관한 정보가 별로 없다는 것이었다. 그런데 네빌리스 말고 다른 조사를 해봤더니 더 흥미로운 결과가 나왔다. 알고 보니 식민지 시대에 모든 아이가 학교에 간 건 아니었다. 학교는 부유한 가문 자제들이 가는 곳이었고, 대학은 소수만 가는 곳이었다. 아이들은 학교 밖에서 항상 일(노동, 농사, 가사)을 했으며, 그건 공부보다 중요한 아이들 숙제였다. 그러다 자유를 위한 투쟁 같은 게 일어났고, 결국 10대 청소년들까지 투쟁에 참여하게 됐지만, 투쟁에서 숙제는 거론되지 않았다.

그레고리가 볼 때, 네빌리스의 숙제 발명이 오늘날까지도 영향을 미치느냐 아니냐는 더 파고들 필요가 없을 것 같았다. 자신이 살아 있는 증거, 역사의 증인이라고 그레고리는 생각했다.

금요일 아침, 그레고리는 리포트 타이핑을 마무리하고 출력하기 위해 평소보다 몇 시간 일찍 일어났다. 엄마가 아침으로 특별 토스트까지 만들어줬다.

"참 기특하구나." 엄마가 말했다. "학교 끝나면 같이 성적을 확인해보자. 그리고 오늘 밤 북태스틱에는 엄마가 태워다 줄게."

그레고리는 엄마를 꼭 껴안았다. 그레고리가 D를 받은 뒤로, 엄마가 저녁 시간을 함께하기 위해 친구들이 영화 보러 가자는데도 거절했다는 걸, 엄마가 자기를 그만큼 염려하고 있다는 걸 그레고리는 알고 있었다. 물론 자유무대에 가는 걸 무조건 허락해준 건 아니지만 말이다.

학교에서, 역사 수업 중에 그레고리는 과제를 냈다. 뱅스터 선생님은 그레고리한테 방과 후에 들르라고 했다. 그레고리는 불안감을 주체하지 못하거나 졸지도 않고 어쨌든 하루를 잘 견뎠다.

긴 하루가 끝나자 친구들이 그레고리한테 행운을 빌어줬다. 그레고리는 운명이 결정될 4층으로 향했다.

계단을 터덜터덜 오르면서, 그레고리는 확실히 아침보다 계단 길이가 두 배로 늘어난 것 같다고 느꼈다. 선생님이 빨강 펜으로 가슴을 콕콕 찌르면 어쩌나 걱정이 되었다.

그레고리가 교실에 들어갔을 때, 선생님은 차를 마시며 책상 앞에 앉아 있었다.

"한 잔 줄까?"

"아니요. 전 괜찮아요."

차 권유를 받아들이면 왠지 선생님이 유리해질 것 같아서 그레고리는 사양했다. 하지만 차 향기는 정말 좋았다.

"앉게나. 자네 과제를 막 다 읽은 참이네. 참으로…"

선생님이 말을 끊고 뜸을 들이자 그레고리의 뒷덜미 털이 곤두섰다.

"독창적이야."

좋다는 뜻일까? 그레고리는 맞은편 의자에 앉아 선생님이 자기 과제에 빨강 펜으로 좍좍 줄을 긋는 걸 지켜봤다. 치과에서 드릴로 신경치료를 받을 때보다도 기분이 끔찍했다.

선생님은 가끔씩 뭐라고 투덜대거나 작게 "세상에"라고 탄식했고, 그레고리의 숙제는 빨강 잉크로 비를 뿌린 모양이 됐다. 선생님은 심지어 노골적으로 웃기까지 했다.

"여기 맞는 단어는 학자야, 학쟈가 아니라. 맞춤법 숙제도 좀 내줘야겠는데?"

그레고리는 선생님이 검사를 마칠 때까지 잠자코 기다렸다.

드디어 선생님이 숙제를 책상에 내려놓고 펜을 주머니에 도로 넣었다.

"로베르토 네빌리스가 숙제를 발명했다고 생각하는 건가?"

대답할 방법을 그레고리는 수십 가지도 더 생각해봤다. 돌려 말하거나, 거짓말하거나, 아니면 다른 방법을 쓸 수도 있었다. 하지만 그레고리는 되도록 고분고분한 태도로 말했다.

"모르겠어요. 실존 인물이 아닐지도 모르고요. 하지만 누군가는 숙제를 발명했잖아요, 맞죠? 그리고 미국 역사에 확실히 영향을 끼쳤고요."

"그건 사실이네. 사실이 아닌 건 패트릭 헨리*가 '숙제를 적게 내주지 않을 거면, 죽음을 달라'라고 했다는 부분이지."

선생님은 그레고리에게서 눈을 떼지 않은 채 차를 한 모금 마셨다.

"단지 소문이었을 뿐이라고 썼는데요. 사실, 조사를 더 할 자료가 별로 없었어요. 확인해보셔도 돼요."

"더 조사할 게 별로 없었다? 그렇군. 사실이야. 그런데 왜 이 주제를 고른 건가, 그레고리 군?"

선생님은 정말로 궁금한 표정이었다.

"대부분의 식민지 주민들이 자녀를 학교에 보내지 않았다는 건 알아냈구만. 숙제에는 노동도 포함된다고 아주 잘 설명했어. 물론이지. 허나 자네 과제는 역사라기보다 역사소설에 가깝네. 그래… 왜 그렇게 쓴 건가?"

"왜냐하면, 솔직히 말씀드리면, 선생님이 숙제를 정말 좋아하시

*미국독립전쟁의 지도자로, "자유가 아니면 죽음을 달라"라는 연설로 유명하다.

는 것 같아서요. 숙제를 발명한 공을 용감히 자처한 사람이 없다는 걸 알면 흥미로워하실 거라고 생각했어요. 그리고 저는 제가 인용한 패트릭 헨리의 말이 정말 좋아요."

그레고리는 최대한 미소를 지으려고 애쓰며 말을 이었다.

"저는 정말로 열심히 했어요, 뱅스터 선생님."

"빨강 잉크로 도배를 하긴 했지만, 자네가 열심히 했다는 건 잘 알고 있네. 열심히 해줘서 고맙게 생각하네."

선생님이 책상 서랍에 손을 뻗더니 가죽 장정으로 된 성적부를 꺼냈다.

"하지만 좋은 과제를 쓰려면 열심히 하는 것만으론 부족하다는 걸 배우는 것도 중요하지. 타당한 주제, 탄탄한 조사, 뛰어난 문법, 설득력 있는 설명이 필요하네. 알겠나?"

그레고리는 고개를 끄덕였지만 가슴이 철렁 내려앉았다. 선생님이 펜이 든 주머니로 손을 넣는 걸 차마 볼 수가 없었다.

"좋아. 또 다른 과제를 할 거라면, 방금 배운 대로 하길 바라네. 또 이렇게 써서 내면, 자네한테 별 도움이 안 될 거야."

선생님이 주머니에서 파랑 펜을 꺼내더니 성적부를 펼쳤다.

"하지만 처음이니까, 이 정도면 됐네."

"오! 감사합니다, 뱅스터 선생님! 그리고, 음, 저, 그걸 컴퓨터에 오늘 입력하실 거예요?"

"자네가 나가고 바로 해야지. 그래야 나도 집에 가니까."

선생님이 성적부를 닫았다.

"주말 잘 보내게."

그레고리는 기뻐서 펄쩍 뛰었다.

"그럴게요! 고맙습니다, 선생님!"

교실을 나와 계단을 내려가는데, 계단 길이가 반으로 줄어든 것만 같았다. 알렉스한테 나중에 듣기로, 그레고리는 그날 한 번에 세 계단씩 점프해 내려왔다고 한다. 그레고리는 그런 줄도 몰랐다. 어서 빨리 집에 가서 시를 완성해야 했다. 자유무대의 밤을 위해!

"아, 제발요, 엄마!"

그레고리는 집으로 오기가 무섭게 부엌 컴퓨터에 앉은 엄마한테 조바심을 냈다.

"비밀번호 새로 받은 지 얼마나 됐다고요!"

"기다려봐, 그레고리." 엄마가 키보드를 다시 두드렸다. "학부모 포털은 아주 예민하단 말이야."

"지금 저도 그렇거든요. 제가 대신 쳐드릴까요?"

"네가 여기 비밀번호를 알면 왠지 안 좋을 것 같은데?" 엄마가 미소 지으며 말했다. "아, 됐다."

"업데이트하셨어야 되는데." 그레고리가 화면을 보며 말했다. "선생님이 업데이트하신댔어요."

"역사. 여기 있네."

엄마가 클릭을 했고, 둘은 기다렸다.

"로딩. 로딩. 아하!"

"봐요!"

그레고리는 화면에서 크게 빛나는 C−를 가리켰다.

"잘했네."

그 말을 듣자마자 그레고리는 부엌으로 향했다.

"짐 가져올게요. 15분 정도면 출발할 수 있죠?"

하지만 엄마는 대답이 없었다.

"엄마?"

그레고리는 뒤를 돌아봤다. 엄마는 컴퓨터 화면을 응시하고 있었는데, 행복한 표정이 아니었다.

"엄마?"

"와서 이것 좀 봐봐." 엄마가 말했다.

그레고리는 당혹스러워하며 다시 컴퓨터로 다가갔다. 자유무대의 밤에 차로 데려다주려면 엄마도 외출 준비를 해야 하는데….

엄마가 화면을 가리켰다. 컴퓨터에는 그레고리의 현재 성적이 나와 있었고, 1학기 역사는 아름다운 C−였다.

하지만, 수학과 스페인어가 뒤에 있었다.

둘 다 D였다.

4

난 무릎을 꿇었지.

"생각 마세요." 난 말했지. "D는 생각 마세요.

열심히 노력 중이에요. 그러니 제발, 제발, 제발…"

소용없었어.

해피엔딩 따윈 없어.

"그럴 리가 없어요! 다 C였어요!"

"C 마이너스였어." 엄마가 분명히 했다. "하지만 이젠 D가 됐네. 안됐구나, 그레고리."

"엄마! 그거 이상해요. 저, 어제 수학 쪽지시험에서 75점이나 받은걸요. 뭐가 잘못된 게 분명해요."

그레고리는 애원하듯 엄마를 봤다.

"글쎄, 한번 확인해보자."

엄마가 새로 뜬 화면을 살폈다.

하지만 그레고리가 엄마보다 한발 빨랐다. 그레고리는 의자 위로 무너지듯 주저앉았다.

"아, 숙제."

"아이고, 정말 수학 숙제 내는 걸 중단했었니?"

엄마가 안타까움 반, 짜증 반의 표정으로 그레고리를 봤다.

"하지도 않은 숙제를 어떻게 내요?"

그레고리의 어깨가 축 처졌다.

엄마가 이번에는 다른 화면을 띄웠다.

"스페인어도 똑같네."

"전 바빴어요! 숙제가 너무 많아요, 엄마. 숙제가 저를 죽이고 있다고요. 불공평해요."

그레고리는 애처로운 눈으로 다시 엄마를 봤다.

"북태스틱, 제발 가면 안 돼요?"

엄마의 얼굴에 잠시 슬픈 기색이 떠올랐지만, 이내 평정심을 되찾은 표정으로 그레고리를 봤다.

"안 돼. 약속은 약속이야."

그레고리는 슬프고 화가 나서 자기 방으로 돌아갔다. 글쓰기 공책도, 벽에 붙은 커다란 포스터 속에서 웃고 있는 아인슈타인의 얼굴도 상황을 바꿔주진 못했다. 여기는 자유무대의 밤이 아니고, 이제 가지도 못한다. 너무도 좋아하는 걸, 자기 자신을 충만하게 하는 걸 놓치고 만 것이다.

그리고 이건 자기 잘못이었다.

그렇다 해도, 침대 베개에 머리를 파묻고 생각해보니, 그건 정말 이야기의 일부분에 불과했다. 이야기의 나머지는 숙제였다.

그레고리는 학교에서 나름대로 열심히 공부했다. 올해는 뭔가 정말 배우고 있다고 느꼈다. 시험 성적에서도 그게 드러났다. 하지만 숙제는… 음, 그건 좀 얘기가 다르다. 숙제 친구들과 함께할 때마저도 그레고리는 숙제를 끝내기가 힘들었다. 물론 가끔은 핑계를 댔다. 하지만 대부분 그런 건 아니었다. 그레고리는 그냥 숙제를 다 할 수가 없었다. 남들은 어떻게 그걸 다 하는지, 그레고리로서는 알 도리가 없었다. 그레고리는 단지….

그레고리는 베개를 던져버리고 칠판 벽으로 가서 지우개로 깨끗이 지웠다. 그런 뒤 분필을 들고 큰 글씨로 칠판 벽 꼭대기에 '숙제'라고 썼다.

10분 후, 그레고리는 칠판 벽에 휘갈겨 쓴 목록을 올려다보며 방바닥에 앉았다.

하루 평균 소요 시간

읽기: 30분 (+ 기록하는 시간 1분)

키보드 연습: 15분

수학: 30~60분 (알렉스는 10분 걸림)

영어: 20~25분 (애나는 45~50분 걸림)

어휘: 5분

과학: 20~30분 (베니는 10~15분 걸림)

필수 과학 및 수학 비디오 강의: 각각 10분

역사: 45분

이 숫자를 모두 더해보니, 숙제하는 데 걸리는 시간은 숙제를 다 할 경우에 하루 3시간 이상이었다. 게다가 큰 프로젝트를 받으면 매일 하는 숙제보다 훨씬 오래 걸렸다.

하루 세 시간!

그레고리는 일어서서 초조하게 왔다 갔다 하기 시작했다. 과목별로 따져보면 숙제가 그렇게 많지는 않다. 그리고 숙제 자체도 지독할 정도로 끔찍한 건 아니다. 수학 문제가 50문제나 되는 경우는 없고, 단어 외우기는 1분이면 충분하다. 영어 과목의 에이헌 선생님은 작가이자 독서광인 데다 자칭 십자말풀이의 열광적인 팬이기 때문에 흥미로운 단어들로 숙제를 내준다. 그리고 과학은 수업 시간에 실험을 많이 하고 숙제도 종종 실험에 관한 것이기 때문에 아주 재미있다. 그런데…

하루 세 시간!

머리가 빙빙 돌 지경이라, 방에서 나가야만 할 것 같았다. 자유무대의 밤엔 갈 수 없지만, 혼자서 비참한 기분이 들지 않게 친구들이 놀러 오게 하는 건 엄마가 허락해줄지도 몰랐다. 한 가지는 확실했다.

그레고리는 벽에 대고 소리쳤다.

"댁이 싫다고요, 로베르토 네빌리스!"

외출은 안 되지만 친구 초대는 괜찮다고 엄마가 허락했다. 하지만 금요일 밤이라 알렉스와 베니는 바빴고, 애나만 놀러 오겠다고 했다.

그레고리 엄마가 케이크를 구워줬다. 애나는 그레고리와 함께 식탁에 앉아 초콜릿이 잔뜩 든 케이크를 먹어 치우고 접시에 남은 부스러기까지 집어 먹었다.

"케이크 맛있어요, 아주머니."

"고맙다, 애나!" 그레고리 엄마가 환하게 웃었다.

켈리 가족이 이사 간 뒤로 그레고리 엄마는 자주 빵을 구웠다. 켈리 엄마는 슬라이스라는 베이커리 카페를 했었는데, 거기 빵은 그레고리가 먹어본 것 중에 최고였다. 이 케이크는 딱 봐도 엄마가 슬라이스의 레시피를 업그레이드해서 만들어본 거였다. 원래 레시피보다 나은 건 절대 아니지만, 그래도 맛은 있었기 때문에 그레고리는 아무 말도 안 했다.

"너, 무지 기분이 안 좋은가 보다." 그레고리 엄마가 빈 접시를 들고 나가자 애나가 말했다. "정말 맛있는 케이크인데, 한 번 웃지도 않고 말이야."

"우리가 매일 세 시간씩 숙제를 한다는 거 알아?"

"넌 그렇겠지. 난 더 오래 걸려. 하고 싶은 말이 뭐야?"

애나가 무의식중에 머리카락을 비비 꼬았다.

"그 시간으로 우리가 뭘 할 수 있는지 알아?"

그레고리는 일어나서 식탁 주위를 서성거리기 시작했다.

애나가 어깨를 으쓱했다.

"하지만 그건 우리가 할 일이잖아, 안 그래?"

"왜? 왜 그게 우리 일이야? 돈도 안 받잖아. 넌 숙제하고 돈 받아? 아니지. 아무도 돈 안 받아."

"우리 아빠는 하루 몇 시간씩 공짜로 사람들을 도우셔. 그게 자기 일이라고 하셨어. 왜냐면 다들 아빠를 좋아하게 되고, 일 잘 하는 걸 보면 다른 사람들도 아빠를 고용하게 된다면서."

애나가 옆에서 왔다 갔다 하는 그레고리한테 그만하라고 손을 내밀었다. 멈추는 대신 그레고리는 애나의 손에다 손뼉을 쳐주고 계속해서 식탁 주위를 빙 돌았다.

"너희 아빠도 결국 돈 받으시잖아. 10년을 기다렸다 받는 것도 아니고. 숙제는 그냥 전부 잘못됐어. 통제 불능이야!"

"너도야!" 그레고리가 자기 옆을 다시 지나가자 애나가 팔을 붙잡았다. "너 때문에 어지럽단 말이야."

"미안해. 그냥 자유무대의 밤 때문에 화가 나서 그래."

"네가 쓴 시를 나한테 읽어줘."

애나가 지나가듯 던진 말에 그레고리는 깜짝 놀랐다.

"뭐? 정말?"

"거기서 읽을 거였잖아, 아니야? 그러니까, 지금 네 관객은 금요일 밤에 머리를 파랗게 염색하는 것 말곤 할 일이 없는 여자애 하나인 거야." 애나가 씩 웃었다. "난 괜찮을 것 같은데."

"모르겠어. 난 그냥…."

사실 그레고리는 자기 시를 켈리나 선생님 말고 다른 사람에게 일대일로 읽어주거나 보여준 적이 없었다. 수업 시간, 자유무대의 밤, 작가 캠프에서 큰 소리로 읽은 적은 있었다. 여동생 케이가 몇 편 본 적이 있지만, 케이가 혼자 먼저 읽어본 것뿐이었다. 이런 경우는 처음이었다. 그리고 그레고리는 애나를 잘 몰랐다. 켈리라면 안심이 될 텐데.

"야, 그게 뭐가 어려워?" 애나가 재빨리 말했다. "밤새 숙제 얘기를 붙들고 늘어지고 싶다면, 그러지 뭐. 그것도 괜찮아."

애나가 당황한 기색을 보이자 그레고리는 기분이 끔찍해졌다.

"듣고 나서 비웃진 않을 거지? 그러니까, 재미없으면 말이야!"

"내가 이 동네에 이사 온 목적은 딱 한 가지야, 그레고리. 수단과 방법을 가리지 않고 널 놀려주는 거. 오늘 밤에도 그래서 여기 온 거야. 절대로 안 봐줄 거야! 그냥 참아!"

하지만 말과 달리 애나가 웃고 있어서, 그레고리는 모든 게 괜찮을 것 같았다.

그레고리는 시 읽기에 가장 좋은 장소로 거실을 골랐는데, 벽난로 앞에 무대라고 할 만한 작은 공간이 있어서였다. 애나가 소파에 앉았고, 케이도 그 자리에 끼었다. 시가 듣고 싶어서인지, 애나의 머리 모양과 귀고리가 맘에 들어서인지는 잘 모르겠지만.

그레고리는 자유무대의 밤과 똑같이 7분 30초 동안 읽을 시를 준비했지만, 관객들이 제법 관심을 보이는 듯해서 중간에 몇 편을 더 추가했다. '소중한 내 친구들'이란 제목의 시로 그레고리는 무대를 마쳤다.

소중한 내 친구들은 내가 실수해도 내버려두지.

절대 잘잘못을 따지지 않지.

소중한 내 친구들은 나를 항상 웃게 해주고,

절대 원망을 품지 않지.

소중한 내 친구들은 절대 나와 싸우지 않지.

불평하지도, 징징거리지도 않지.

소중한 내 친구들은 내가 잠시 생각에 잠기게 해주며,

속뜻을 읽게 해주지.

소중한 내 친구들은 항상 나를 편하게 해주지.

내가 엉뚱한 짓을 해도 내버려두고.

소중한 내 친구들은 조용히 쉴 곳이며,

펜이고, 빈 공책이라네.

"멋지다." 시 낭송이 끝나자 애나가 말했다. "난 그런 데 가본 적이 없어서. 박수해도 돼?"

"말리지 않을게."

애나가 소파에서 뛰어올라 박수하고 발을 구르고 휘파람까지 불었다. 케이는 앙증맞게 손가락으로 손바닥을 가볍게 두드렸다.

"멋진 낭송이었어. 셸 실버스타인 초기 작품을 흉내 내고, 닥터 수스를 약간 가미했다고나 할까." 케이가 마이크 잡은 시늉을 하며 말을 이었다. "관객들이 기뻐하네요. 그레고리 재스퍼튼 군은 지켜볼 만한 신인으로 보입니다. 지켜보지 않으면 여러분이 화장실 간 사이 여러분 접시의 디저트를 먹어 치울지도 모릅니다."

"야! 그건 3년 전 일이잖아!"

"애플파이였지." 케이가 대꾸했다. "난 절대 잊지 못해."

“들려줘서 고마워, 그레고리.” 애나가 말했다. “멋졌어.”

마음이 놓이고 기분이 좋아져서, 그레고리는 나쁜 성적에 낭패를 본 뒤로 진짜 미소를 처음 지었다.

“정말 떨리더라. 처음 낭독해본 시들이라.”

“나도 그렇게 쓸 수 있음 좋겠다.” 애나가 말했다. “시든, 뭐든.”

케이가 애나를 보며 머리를 흔들었다.

“언니는 창의적이야. 보면 알아. 언니가 근사한 시를 쓸 거란 건 내가 장담해.”

“할 수만 있음 꼭 쓸 거야.” 애나의 주머니가 윙 하고 진동했다. 애나가 휴대폰을 꺼내 들여다봤다. “우리 아빠가 오고 계시대.”

아름다운 가을 저녁이었다. 달과 별들이 밝게 빛나서 거리에는 그림자가 드리워져 있었다. 그레고리와 애나는 애나 아빠를 기다리기 위해 현관으로 나갔다.

“와줘서 고마워. 기분이 나아졌어.” 그레고리가 씩 웃었다. “그게 중요한 거잖아, 그치?”

“그렇지.”

애나가 길 아래쪽에서 들어오는 차를 가리켰다.

“저기 오신다.”

“켈리는 여기가 그립대.” 애나가 길 쪽으로 돌아설 때 그레고리가 말했다. “새로운 곳에 적응하려면 힘들겠지.”

“난 그리운 거 없어. 엄마한테 케이크 잘 먹었다고 말씀드려.

그리고 가서 시를 더 써!"

애나 아빠가 도로 경계석 옆에 차를 세웠다.

그레고리는 애나와 애나 아빠한테 손을 흔들어 인사하면서, 새로 사귄 친구의 말이 정말 멋지다고 생각했다. 우울해질 필요가 있나? 이렇게 얻은 자유 시간에 글을 쓰면 되는데.

자기 방으로 내려간 그레고리는 벽에 붙은 아인슈타인 포스터 아래쪽을 조심스럽게 들어 올리고 그 뒤에 있는 낡은 두꺼비집을 열었다. 그 안에는 글로 빽빽이 채워진 공책들이 들어 있었다. 그레고리는 백지 묶음에 수수하게 검정 표지를 씌운 두꺼운 공책 한 권을 집어 들고 서둘러 침대로 갔다. 그리고 공책을 펼쳐 비어 있는 첫 장에 연필을 대고 숨을 깊이 들이마셨다.

지난 몇 년 동안 수많은 밤을, 그레고리는 이런 식으로 잠들 때까지 글을 썼고, 종종 공책을 펼쳐둔 채 잠들기도 했다. 잘 써지는 날에는 시 한두 편의 초안을 쓰고, 전에 써놓았던 걸 고쳐 쓰거나 단편소설 작업을 했다. 정말 잘될 때는 작품 하나를 마무리하면서 최고의 기분을 느끼곤 했다. 그런데 오늘 밤은….

오늘 밤엔, 글을 쓰려고만 하면 칠판 벽으로 눈이 갔다. 거기 쓰인 숙제 목록이 그레고리를 조롱하며 노려보는 것만 같았다.

중학교에 입학한 뒤로 그레고리는 수업에 필요한 글 외엔 거의 쓰지 못했는데, 그건 숙제 탓이었다. 학교가 중요하다는 걸 알지만, 올해는 뭔가가 제대로 돌아가지 않는 느낌이 들었다. 그레고리 자신이 제대로 되돌리지 않는다면 상황은 결코 나아지지 않을 것 같았다.

그레고리는 침대에서 뛰쳐나와, 또다시 미친 듯이 빠르게 왔다 갔다 하기 시작했다. 정말 숙제가 자유무대의 밤을 앗아간 거라면, 숙제는 또 뭘 앗아갈 것인가? 글을 아예 못 쓰게 만들 건가? 그러겠지. 그럴 거라고 그레고리는 확신했다.

그건 안 될 일이었다.

그레고리는 책상에 있는 분필통 안을 뒤져서 크고 두꺼운 빨강 분필을 찾았다. 그리고 칠판 벽에 적힌 숙제 목록으로 가서 그 주위에 커다랗게 원을 그렸다. 그런 뒤 분필을 단단히 잡고, 원 안의 목록에 비스듬히 선을 그어 'No' 표시를 했다.

자기가 한 짓을 보고 그레고리는 다시 기분이 좋아졌다. 숙제는 없다. 그게 이제부터 나의 모토다. 자, 이걸 어떻게 가능하게 만들지?

그레고리는 침대에 웅크려 앉아 공책을 집어 들었다. 하지만 연필로 'No' 표시만 끄적거렸다. 숙제 목록에 표시한 그 'No' 표시.

그러다가 작고 반듯한 글씨체로 〈로렉스〉*에 나오는 대사 하나를 적었다.

만약 누군가가 관심을 갖지 않는다면 세상은 달라지지 않아.

아무것도.

그레고리는 나아지게 할 방법을 몰랐지만, 바로 지금, 처음으

*세상을 바꾸기 위한 용감한 소년의 환상적인 모험을 담은 미국의 애니메이션 영화(2012).

로 확고한 결심이 섰다. 전부 바뀌어야만 하고, 변화를 만들어낼 사람은 바로 자기 자신이었다.

어떻게 하면 될지 감도 못 잡은 상태였지만, 그렇다고 그만둘 그레고리가 아니었다.

"로베르토 네빌리스 씨."

그레고리는 눈을 감으며 중얼거렸다.

"상대를 제대로 만나셨네요."

완성된 채 떠오르는 생각도 있다.
처음부터 완벽한.
어떤 생각은 몇 달이 걸려 익어가지만
그 생각이 나온 곳은 바로 가슴속.
"아하!!!" 하는 생각도 있다.
불쑥 내뱉고 나니… 글쎄…
훌륭한 생각일지, 최악의 생각일지는
시간이 지나야만 알겠지.

5

"너 또 이상하게 말한다, 친구야."

그레고리네 집 앞마당에서 그레고리한테 원반을 던지며 알렉스가 말했다. 이른 토요일 아침, 풀잎에 맺힌 이슬이 아직도 반짝이고 있었다.

"숙제 상황을 바꾸고 싶다는 게 뭐가 이상해?"

그레고리는 원반을 잡아서 단번에 부드럽게 되던졌다.

"안 이상해. 이상한 건 네가 교무실로 가서 선생님들한테 말만 하면, 짜잔~ 하고 뭔가 달라질 거라 생각한다는 거야."

알렉스가 다리 사이로 잡아보려 했지만, 알렉스는 운동신경이 정말 없었다. 원반은 젖은 풀 속으로 떨어졌다.

"그러니까, 아이디어가 필요해. 그래서 너한테 전화한 거고…."

"그래서 깨워놓고 초콜릿 케이크 한 조각도 안 준 거야?"

알렉스가 바닥에서 원반을 집어 도로를 향해 엄청 세게 던졌다.

그레고리는 그걸 쫓아 달리다가 애나가 부츠를 신고 또각또각 경쾌한 소리를 내며 걸어오는 걸 보고 멈춰 섰다.

애나가 날아오는 원반을 가로채려고 보폭과 각도를 맞춰 원반에 손을 뻗었지만, 오른손에 맞고 공중으로 튀어 올랐다. 애나는 그걸 가까스로 붙잡아 집게손가락에 걸고 농구공처럼 빙글빙글 돌렸다.

"잘 던졌어."

애나가 알렉스한테 소리쳤다. 그리고 부드러운 동작으로 원반을 뒤로 토스해 스트라이크를 먹였다.

"와우~ 너, 굉장하다!" 알렉스가 응수했다.

"아빠가 원반 경기를 자주 하셔." 애나가 어깨를 으쓱했다.

그때 베니가 수박처럼 보이게 페인트를 칠한 헬멧을 쓰고 자전거를 타고 왔다.

"너, 숙제 문제 해결했다며?" 베니가 자전거에서 폴짝 뛰어내리며 그레고리한테 물었다. "나 정말 궁금해."

"해결?" 알렉스가 웃었다. "해결했다고? 친구야, 우린 오늘 얘 대신 숙제 상황 해결하는 숙제 해주러 온 거야!"

"야, 내가 혼자 할 거야." 그레고리가 숙제 친구들을 집으로 이끌며 말했다. "그런데, 너희 중에 숙제가 즐거운 사람 있어?"

"내가 어젯밤에도 말했잖아, 그레고리. 숙제는 그냥 숙제일 뿐이야." 애나가 말했다.

"그럼 넌 여기 왜 왔냐?" 베니가 물었다.

"숙제가 좋단 말은 안 했어." 애나가 대답했다.

그레고리와 친구들은 현관을 올라갔다. 알렉스는 흔들의자에 털썩 앉았다. 베니는 스툴 위에 앉았다. 애나는 난간에 기댔고, 그레고리는 서성거렸다.

"자, 어떤 과목이 제일 시간을 많이 잡아먹어?" 그레고리가 물었다. "난…."

"수학!" 친구들이 동시에 말했다.

"좋아. 그건 분명해." 그레고리가 말했다. "너희랑 같이 해도 난 30분 안에 다 끝내지 못해."

"난 영어." 알렉스가 흔들의자를 움직이며 말했다.

"난 스페인어." 베니가 말했다.

"역사." 애나가 무뚝뚝하게 말했다.

"오, 맞아." 베니가 말했다. "생각해보니, 역사가 확실히 제일 시간이 오래 걸려. 스페인어보다 재밌어서 안 그렇게 느껴지는 거지."

"맞아, 나도 그래." 알렉스가 덧붙였다.

"우린 각자 가장 어려워하는 과목이 다 달라. 하지만 어쨌든 역사가 시간은 제일 많이 걸려. 그리고 그거 알아?" 그레고리가 물었다. "역사 성적에서 숙제가 차지하는 비중이 3분의 1이나 돼! 어느 과목보다도 숙제 비중이 커. 우린 이것부터 바꿔야 돼."

"네가 말한 그 '우리'가 정확히 뭐야?" 알렉스가 물었다.

"뱅스터 선생님께 한번 말씀드려봐." 애나가 제안했다.

"아니면 맥켈란 교장선생님이나." 베니가 덧붙였다.

"아니면 미합중국 대통령이나! 분명 세상을 바꿀 테니까." 알렉스가 흔들의자를 멈추며 말했다. "친구야, 좋은 뜻으로 하는 말인데, 난 네 계획이 뭔지 모르겠어."

"왜냐면 난 계획이 없으니까!" 그레고리가 실망해서 소리쳤다. "그래서 너희들이 온 거잖아."

애나가 현관을 가로질러 가서 알렉스 옆자리에 앉았다.

"네가 선생님마다 붙잡고 숙제를 바꿔야 한다고 설득하지 않는 한…." 애나가 말했다.

"될 가능성은 없어." 베니가 덧붙였다.

"그렇게 생각해?" 그레고리가 물었다.

"친구야, 이 문제를 해결하겠다고 나선 게 네가 처음은 아닐 거야." 알렉스가 손가락 끝으로 원반을 돌리며 말했다. "분명 정답은 이미 나왔을 거라구. 어딘가 있을 거야."

"답이 역사에 있다는 말이야?" 그레고리가 놀라서 물었다. "뱅스터 선생님도 그런 말씀을 하셨는데."

"음, 글쎄. 선생님들이 가끔은 옳은 말을 하지." 애나가 말했다. "그리고, 너한테 더 좋은 아이디어가 있는 게 아니라면…."

물론 그레고리한테 더 좋은 아이디어는 없었다. 하지만 조사를 하는 건 숙제를 하는 거나 거의 마찬가지고, 지금 상황에 비춰 볼 때 그다지 맘에 드는 해법은 아니었다.

그레고리와 친구들은 한 시간쯤 더 현관에 머물며 이야기하고, 생각을 나누고, 함께 웃었다. 모임이 마무리될 무렵, 그레고리는 상황을 진전시키려면 일을 더 많이 할 수밖에 없다는 생각이 들었다. 정말 싫지만, 그래도 좋은 점이 하나는 있었다. 적어도 해야 할 일이 수학은 아니라는 것이다.

친구들이 떠난 뒤, 그레고리는 부엌으로 가서 케이가 컴퓨터 사용을 끝내길 기다렸다. 케이는 지난 한 해 동안 혼자 라틴어를 배웠고, 라틴어 연습을 할 라틴어 채팅방을 찾아냈다. 오빠가 들어왔을 때, 이미 케이는 한 시간째 채팅을 하던 중이었다.

"오늘 나 대신 저녁상을 차려주면, 바로 일어날게." 케이가 말했다. "퀴드 프로 쿠오. 주는 만큼 받는다는 뜻이야."

외출 금지를 당해서 어디 갈 데도 없기 때문에, 그레고리는 거래를 수락했다.

케이가 컴퓨터 사용을 끝내자마자, 그레고리는 컴퓨터 책상에 미끄러지듯 앉아 키보드에 손가락을 올렸다. 뭘 검색하지? 죄 없는 로베르토 네빌리스에 대한 건, 정말 있었던 사람인지 아닌지도 모르지만, 더 이상 필요 없다. 잠시 후, 그레고리는 이렇게 타이핑했다.

왜 우리는 숙제를 하는가?

그레고리는 검색엔진이 불러온 헤드라인을 훑어보고 링크 두어 개를 클릭해봤지만, 여기도 새로운 건 없었다. 배운 걸 복습하게 해준다, 시간 관리하는 법을 배우게 해준다… 어려서부터 들어온 흔한 답이었다. 그레고리는 또 타이핑을 했다.

아이들은 매일 얼마나 많은 양의 숙제를 해야 하는가?

답으로 온갖 이유가 두서없이 나오긴 했지만, 읽기에는 더 흥미로웠다. 많이 올라온 흔한 가이드라인으로, 학년이 오를 때마다 10분씩 늘려야 한다는 게 있었다. 이건 계산이 쉬워서 그레고리도 단번에 문제를 파악했다. 이 계산에 따른 70분에 비해, 현재 그레고리가 숙제하는 데 드는 시간은 180분이었다. 하지만 읽어갈수록 10분 동안 하는 숙제가 뭘 말하는지 파악하기가 쉽지 않다는 게 분명해졌다. 수학 문제 10개 푸는 데 알렉스는 2분이 걸리고 그레고리는 2시간이 걸리는데, 이는 전 세계 교사들이 직면한 문제이기도 했다.

독서는 숙제로 보면 안 된다고 여기는 사람들과, 읽는 즐거움을 앗아가므로 독서는 절대 강요하면 안 된다고 생각하는 사람들도 있었다. 숙제는 비디오 강의 시청이 전부고, 학습지나 문제 풀이는 집이 아니라 학교에서 하도록 하는 학교도 있었다! 다른 나라들 역시, 하루 여러 시간 숙제를 해야 한다는 의견부터, 숙제는 없을수록 좋다는 의견까지, 다양한 의견이 있었다.

다시 말해, 그레고리가 선생님들을 찾아가 뭐라고 말하든 간에 선생님들은 자기 방식이 옳다고 말할 수도 있겠다는 생각이 들었다. 선생님들 관점에서는 옳을지 몰라도, 분명 그레고리의 관점에서는 아니었다. 모든 게 굉장히 불공평해 보였다. 짜증이 나서, 그레고리는 한 번 더 타이핑했다.

대체 숙제가 왜 합법인가???

그레고리가 나중에 친구들한테 설명했을 때, 컴퓨터가 생각하고 생각하는 동안 20분이 지나갔고, 그 시간이 전부 지나고 화면에 나타난 건 '이건 옳지 않아, 그레고리'라는 말뿐이었다고 말했다. 물론 전혀 사실이 아니지만, 제법 그럴듯한 이야기였다.

사실은 링크 여러 개가 나와서, 같은 질문을 한 성난 또래 학생들의 글 링크로 이어졌다. 그레고리가 막 포기하려다 마지막으로 클릭한 링크가, 바로 숙제와 법에 관해 다룬 학술 기사였다.

'옳지 않아'에 해당하는 내용은 딱히 아니지만, 확실히 흥미로웠다.

1901년, 캘리포니아 주에서는 15세 미만 어린이의 숙제를 폐지하는 법을 통과시켰는데, 그 이유는 숙제가 어린이들에게 해롭다는 데 의견이 일치했기 때문이었다. 전국의 다른 지역사회에서도 유사한 법이 통과됐는데, 모두들 숙제가 이롭지 않다는 데 동의한 결과였다.

그렇지! 숙제는 불법이어야만 해. 그런데 진짜로 불법이었잖아!

그레고리는 1900년대 초반에 온 나라에서 숙제 전쟁이 벌어졌으며, 오늘날 부모들이 씨름하고 있는 것과 같은 문제로 치열한 논쟁이 펼쳐졌다는 사실을 알게 됐다. 숙제가 도움이 되는가? 너무 많은 양의 숙제란 어느 정도를 말하나? 아이들이 학교에 안 갈 때는 집에서 놀거나 일을 거들어야 하는 것 아닌가? 음, 이건 아니라고 그레고리는 생각했다. 일을 거들어야만 하는 건 아니다. 집에 있을 때, 아이들은 원하는 다른 일을 해야 한다… 풍요로운 삶으로 이끌어줄 생산적인 일!

불행히도 대세는 다시 바뀌었고, 1917년 캘리포니아 주는 숙제 금지법을 폐지했다. 기사에 따르면 시간이 지나면서 전국 학교에서 숙제를 다시 도입했으며 금지법은 잊혀버렸다고 한다. 사람들의 관심사는 곧 다른 문제들로 옮겨 갔지만, 그래도 숙제에 관한 논쟁은 오늘날까지 지속되고 있다.

뭐, 숙제가 불법이던 때가 어쨌든 있었다. 이건 중요한 문제였다. 즉흥적으로, 그레고리는 하나를 더 검색했다. 자기가 사는 도시를.

프랭클린빌의 숙제 법

빙고! 1901년 발행된 신문에 캘리포니아 법과 동일한 도시 법에 대한 기사가 있었다!

몇 년 전, 한동안 그레고리는 교회에서 땅콩 먹는 걸 금지하는 법이나, 자동차 운전자가 길에서 말을 만나면 갓길에 차를 세우고 방수포로 덮도록 하는 법처럼, 우스꽝스러운 법들에 대한 책을 재미 삼아 찾아 읽었었다. 당시엔 많은 법 조항이 타당성이 있었지만 지금의 시점에서는 대부분 괴상하고 상식적이지 않았다. 하지만 그레고리에게 가장 흥미로웠던 건 그 많은 법들이 여전히 실제로 남아 있다는 사실이었다. 사람들이 법에 대해 잊어버리는 바람에 폐지 조치를 취하지도 않은 것이다. 그래서 그레고리는 다시 검색했다.

프랭클린빌에서 폐지된 숙제 법

나오는 게 없었다. 하지만 그래도 이 도시에서 숙제가 불법이었을 가능성은 있었다. 그건… 그러니까… 더 조사해볼 가치가 있었다.

월요일에 학교가 끝나자, 부모님의 허락을 받은 그레고리는 학교에서 걸어서 10분밖에 안 되는 프랭클린빌 시청으로 갔다. 알렉스가 그레고리와 함께 가줬다.

시청 직원 엘리너 스턴은 알렉스 엄마와 함께 마을 도서관에서 수년간 일한 적이 있는 분이었는데, 두 소년이 1901년 법이 여전히 남아 있는지 확인하기 위해 시의회 기록을 훑어보고 싶다고 했을 때 놀란 기색도 없었다.

"마이크로필름 사용법은 알고 있지?" 하고 물은 게 다였다. 알렉스는 고개를 끄덕였다.

"좋아. 필름은 10년씩 분류돼 있어. 시의회 회의 기록. '시행된 조치' 아래를 봐."

엘리너 아주머니는 소년들을 먼지투성이의 기록실로 데려가 오래된 마이크로필름 영사기를 켜주고, 필름 롤이 담긴 근처 선반을 가리켰다.

그레고리는 선반을 훑어보다가 '1901–1910'이라고 표기된 필름을 찾았다.

"제대로 영화를 감상하려면 팝콘이 있어야 하는데."

"엘리너 아주머니한테 가서 달라고 해. 주실 것 같진 않지만." 알렉스가 첫 번째 필름을 영사기에 올리며 말했다. "좋아, 시작하자."

곧바로 두 소년은 숙제 법을 찾았다. 알렉스가 버튼을 몇 개 누르니, 사본이 출력돼서 마이크로필름 영사기 옆으로 나왔다.

"이거, 액자로 만들어도 되겠는데?" 그레고리는 신문의 내용을 읽었다. "의회는 자라나는 어린이들의 건강과 복지에 숙제가 해롭다고 보고 있다."

"옛날 사람들이 훨씬 똑똑하지 않아?" 알렉스가 물었다. "내 말은, 텔레비전이나 인터넷도 발명 안 됐을 때고, 영화는 소리도 안 났고, 사람들은 온갖 끔찍한 질병에 수시로 죽어나갔는데, 이거 하난 제대로 알아냈잖아!"

그레고리는 피식 웃었다.

"계속 찾아보자. 그리고 이거 말고 다른 내용은 안 나오길 바라자. 영영."

작업 과정은 매우 지루했지만, 그래도 그리 어렵진 않았다. 작은 도시에 살아서 좋은 점이 하나 있다면, 한 해 동안, 심지어 10년 동안에도, 시의회가 시행하는 조치가 별로 없다는 것이다.

수십 년 치 분량을 훑어가면서, 둘은 점점 말이 없어졌다. 할 말이 없어서가 아니었다. 이제 1940년대를 훑어보는 중인데도 '숙제 금지법'은 아직 존재하고 있었다. 말을 하면 왠지 일을 그르칠까 두려웠다.

1950년대를 훑어보는데, 엘리너 아주머니가 15분 남았다고 경고하러 들어왔다.

"이제 그만하고 싶다." 그레고리가 말했다. "밤새 기분이라도 좋게."

"이 법이 아직 존재한다면, 선생님들을 구속시키거나 할 수도 있을까?" 알렉스가 물었다.

"맥켈란 교장선생님 먼저. 꼭대기부터 시작해야지. 오늘은 이제 그만할까?"

"10년 치만 더 보자."

두 소년은 눈앞에 있는 짜증스러운 작업을 다시 시작했다.

1961년, 62년, 63년, 64년이 빠르게 지나갔고… 그리고 1965년 11월이 나왔다. 두 소년은 맥이 쭉 빠졌다.

"10년 치만 더 보자며?" 그레고리가 툴툴거렸다.

"어쩐지 거짓말처럼 잘 풀리긴 하더라." 알렉스가 기계 버튼을 딸각 눌러 사본을 출력하며 말했다.

"왜 1965년에 갑자기 그 법을 폐지한 거지? 60년도 넘게 그대로 있었던 법이잖아. 갑자기 왜 생각이 난 거야?"

알렉스가 마이크로필름을 뒤로 조금 돌렸다.

"아마 회의록을 보면 알 수 있을 거야."

화면을 읽기 위해 그레고리도 친구 쪽으로 몸을 기울였다.

"말도 안 돼."

"그럴 리가. 사실일까?"

그레고리는 큰 소리로 읽었다.

"프랭클린빌에 살고 있는 소시민, 로저 뱅스터가 제기한 불만 사항과 관련하여, 시장은 시 법규 3.1.7 C조항을 폐지할 것을 건의했다. 무기명 투표 결과, 의회는 시장의 의견에 동의했다."

"말 되네." 알렉스가 말했다.

"로저 뱅스터 선생님은 계속 우릴 노려왔던 거야." 그레고리는 신음했다. "우리가 태어나기도 전부터!"

승산이 별로 없으리라는 걸 알았지만, 그레고리는 어쨌든 꽤 낙심했다. 그레고리와 친구들을 숙제로부터 보호해줬을 법을 상상해보라! 정말 근사했을 텐데.

그날 밤, 그레고리는 침대에 누워 수학 숙제를 끝내면서 조용히 역사 선생님을 저주했다. 그레고리는 화난 채 잠이 들었고, 더 화가 나서 일어났다. 이제 할 일은 하나뿐이었다. 실패로 끝날지언정, 뱅스터 선생님의 상담 시간에 한 번 더 가야 하는 것이다.

목요일 아침 일찍, 그레고리는 다시 뱅스터 선생님 교실로 가는 계단을 올랐다. 그런데, 이번에도 애나가 걸어 내려왔다. 애나의 파란색 머리카락과 등에 멘 책가방이 동시에 출렁였다.

"안녕, 그레고리."

"여기서 뭐 하고 있어? 내 말은… 그러니까… 여기 왜 왔어?" 그레고리가 잠시 멈췄다가 말을 이었다. "같은 질문이네, 그치?"

"뱅스터 선생님께 받아 갈 게 있어서. 별거 아냐."

애나가 지나갈 수 있게 그레고리는 옆으로 비켜섰다.

"그렇구나. 그냥 물어본 거야."

애나는 대답이 없었다.

그레고리는 다시 정신을 가다듬고 마지막 계단을 올랐다. 그리고 가볍게 노크한 뒤 교실 안으로 들어갔다.

"그레고리." 뱅스터 선생님이 책상 뒤에서 말했다. "반갑게도 이렇게 와주다니, 뭘 도와주면 되겠나?"

"숙제요. 선생님은 숙제 좋아하시죠? 저는 싫어해요. 이제 지쳤어요. 쉬고 싶어요. 저희 모두 쉬고 싶어요. 하지만 선생님은 오랫동안 숙제에 몰입해 오신 것 같네요."

그레고리는 책가방에서 마이크로필름 인쇄물을 꺼내 뱅스터 선생님 앞으로 밀어놓았다. 선생님이 그걸 넘겨보고는 길게 휘파람을 불었다.

"1965년이었지, 맞나? 그럴 거네. 내 인생이 지금과는 많이 달랐던 때지."

선생님이 종이를 그레고리한테 되돌려줬다.

"허나, 맞네. 난 여러 해 동안 숙제에 관심이 많았지."

"왜 숙제를 이렇게 많이 내주시는 건가요? 불손하게 굴려는 게 아니라, 정말로 이해가 안 돼서요."

그레고리는 긴장한 채 선생님 책상 옆에 서서 대답을 기다렸다.

선생님이 차를 천천히 한 모금 마셨다.

"이 질문엔 여러 방식으로 답해줄 수 있네, 그레고리 군. 하지만 난 늙은이야. 그리고 이 일을 아주 오래 해왔고. 그러니 자네가 이해하길 바라며 간단히만 말하겠네. 자네는 초기 식민지 주민과 같네. 그리고 난 왕과 같고."

그레고리는 말이 이어지길 기다렸지만, 선생님은 전혀 관심 없다는 표정으로 차만 홀짝거릴 뿐이었다.

"그게 끝인가요?" 그레고리의 목소리에 짜증이 묻어났다. 그레고리가 원한 건 이게 아니었다. "제가 선생님 숙제에 얼마나 많은 시간을 쏟는지, 그런 이야기를 해도 될 것 같았어요. 선생님께서 들어주실 줄 알았어요."

"이야기해도 되지만, 단지 내가 하는 말, 내가 내는 숙제 하나하나엔 모두 이유가 있다는 것만 알아두게나. 이런 이유가 자네 마음에 안 들지도 모르겠네. 이해가 안 될 수도 있고, 완전히 틀렸다 생각할지도 모르지. 하지만 그럴수록 자네만 힘들어질 뿐이네. 왜냐면 낙제를 하고 싶진 않을 테니까. 전부 자네한테 달렸단 말일세. 선택은 자네의 몫이네, 그레고리 군. 현명한 선택을 하길 바라네."

선생님이 그레고리를 올려다보며 미소 지었다.

"다른 용건은?"

그레고리는 하고 싶은 말이 많았지만, 그만 나가야 한다는 걸 알았다. 이걸 싸움이라 한다면, 이번 판은 진 거다… 그리고 더 오래 있다간, 다시 싸울 날을 기약할 수 없게 된다.

숙제 멤버는 방과 후 그레고리의 집 부엌에 모여서, 숙제를 하기에 앞서 교과서, 숙제 꾸러미, 학습지를 가지런히 정렬해 식탁 가득 쌓아놓았다.

"과학 먼저 할까?" 베니가 물었다. "그리고 수학, 영어, 역사."

"물론." 알렉스가 말했다.

"좋아." 애나가 말했다.

"이것 좀 봐봐." 그레고리가 종이 뭉치를 치켜들었다. "우린 권리가 없어. 우린 식민지 주민과 같아. 그리고 선생님들은 왕이야."

"난 오늘 시를 쓰고 싶어." 그레고리가 말했다. "그리고 내가 좋아하는 책을 읽고 싶어."

"그리고 난 할리우드로 날아가 다스베이더*를 만나고 싶어. 요점이 뭐야?" 알렉스가 자기 숙제 더미를 정리하며 물었다.

"내가 하고 싶은 말은, 꼭 이래야 할 필요는 없다는 거야." 그레고리가 말했다.

"이럴 필요가 충분히 있어." 베니가 조용히 대답했다.

"아니, 내 말은… 우린 이것 땜에 많은 걸 포기해왔어. 우리가 좋아하는 많은 것들을. 어른들은 계속 우리한테 선택의 여지가 없다는 말만 늘어놓지. 우린 힘이 없어, 그렇지? 하지만 식민지 주민들도 그런 말을 들었었고, 그건 역사를 통틀어 다른 온갖 사

*영화 〈스타워즈〉 시리즈에서, 제국 편에 서서 제다이와 반란군을 탄압하는 악당.

람들도 들었던 말이잖아. 그건 사실이 아니야."

그레고리는 종이 뭉치를 흔들며 말을 이었다.

"우린 분명 힘이 있어. 그 힘을 잡기만 하면 돼."

"우리가 그걸 어떻게 한다는 거야?" 애나가 물었다.

"전 과목 다 낙제하면서, 선생님들이 포기할 때까지 괴롭히자고?" 알렉스가 씩 웃었다.

"소용없는 짓이야, 그레고리. 학교를 상대로 싸우는 거잖아. 부모님들하고도." 베니가 친절하게 말했다. "주말에 얘기해도 되잖아. 지금 우린 시간을 까먹고 있단 말이야. 어서 숙제를 하자."

베니, 알렉스, 애나가 과학 교과서를 꺼냈지만, 그레고리는 꿈쩍도 안 했다.

"아니. 더 이상 숙제 안 해."

그레고리는 종이 한 움큼을 집어 공중에 던졌다. 종잇장들이 극적인 효과를 내며 흩어지길 바랐지만, 그냥 탁 소리를 내며 식탁 위로 떨어졌을 뿐이었다.

"친구야, 그게 무슨 말이야?" 알렉스가 물었다. "너, 학교 그만두려고?"

"아니. 난 파업 중이야." 그레고리는 당당하게 앉았다. "지금부터 본격적인 숙제 파업에 들어갈 거야."

놀 시간이 있던 시절이 생각나.
하루 종일 빈둥거려도 됐었지.
그건 꿈이었나?
아니면... 잠깐. 오, 게으름뱅이여.
그 시절을 우린 이렇게 불렀지.
"그 여름."

승리감에 도취된 그레고리는 기대에 찬 눈으로 세 친구를 봤다. 분명, 이 기똥찬 아이디어를 응원해주겠지. 잘하면 합세해줄지도 모르고.

"무슨 말인지 모르겠다." 베니가 말했다.

"넌 제정신이 아냐." 애나가 덧붙였다.

알렉스는 아무 말도 안 했다. 대신 그레고리 쪽으로 가서 그레고리의 눈을 들여다보고는… 친구의 종아리를 걷어찼다.

"모르겠어?" 그레고리는 다시 숙제를 들어 올렸다. "우리도 식민지 주민들이 했던 대로 할 수 있어. 사람들이 늘 하는 거. 우리도 불공평한 상황이 바뀌어야 한다고 주장할 수 있어."

"그리고 전 과목에서 낙제하겠지." 애나가 머리를 흔들며 말했다. "우린 아니고 너만."

"그래, 그래. 행동에는 늘 결과가 따르는 법이지. 하지만 패트릭 헨리도 말했잖아. 자유가 아니면 죽음을 달라!"

하지만 친구들은 여전히 시큰둥한 표정이었다.

"내 말 별로야?"

그레고리가 묻자, 애나가 바로 대답했다.

"연습 좀 해야겠다."

"봐." 그레고리는 다시 시도했다. "누군가 새로운 시도를 하지 않는 한, 아무것도 달라지지 않아. 우리 같은 애들이 몇 년 동안 숙제에 대해 불평을 해왔지만 달라진 건 없었어. 그래서 다른 걸 해보려는 거야. 어쩌면 너희들에겐 숙제가 별거 아닌지 몰라. 하지만 난 하고 싶은 게 있는데, 그걸 못 한단 말이야. 나한텐 중요한 문제라구. 어른들이 나를 보고 틀렸다고 하는 것도 이젠 지긋지긋해."

"파업은 어떤 식으로 할 거야?" 베니가 자기 숙제를 식탁에 쫙 펼쳤다. "수학만? 역사만?"

"전부 다. 뱅스터 선생님이 숙제를 그만 내주더라도, 할 건 여전히 많을 거고, 문제는 해결 안 될 거야." 그레고리는 숙제장 한 장을 접기 시작했다. "우리 생각은 물어보지도 않고 이래라저래라 하는 데 이젠 신물이 나."

"제발 숙제 좀 내주십쇼, 하고 말할 애가 어딨겠냐?" 베니가 의자에 등을 기댔다. "미안하지만 난 이해를 못 하겠어."

"우리가 힘이 없어서가 아니야." 그레고리는 접고 또 접어 빳빳한 선을 만들어갔다. "내 말은, 우리 인생이잖아. 우리한테 선택권이 있어야 하는 거 아냐?"

"너, 우리 부모님하고 얘기 좀 해야 되겠다." 베니가 부드럽게 말했다. "바로 안 된다고 하실걸."

"맞아. 우린 선택권이 있어." 애나가 그레고리를 똑바로 쳐다봤다. "무사히 진급할지, 1년을 날려버릴지 선택할 수 있지."

"네가 대체 뭔 말을 하는 건지 난 아직도 모르겠다." 알렉스가 자기 자리로 돌아오며 말했다. "하지만 그런 말을 할 권리가 너한테 있다는 건 존중할게. 이제, 음, 난 수학 숙제를 해야 돼."

"넌 그거 해. 난 시를 좀 쓸 테니까." 그레고리는 접기를 끝내고 완성된 종이비행기를 들어 올렸다. "자, 파업 비행기가 날아가신다~"

그레고리는 유연한 손놀림으로 종이비행기를 날렸다. 하지만 종이비행기는 3미터쯤 날아가다 벽에 부딪혀 바닥으로 추락했다. 애나는 웃음을 애써 참았지만 잘 안 됐고, 이어 친구들 모두 웃음을 터트리고 말았다.

"중학교에 온 이후로 오늘 글을 제일 많이 썼어." 켈리와 통화하면서 그레고리는 방바닥에 드러누웠다. "굉장하지 않아?"

"굉장해." 켈리가 대답했다. "난 빵 만들고 있어."

그레고리는 벌떡 일어나 앉았다.

"첫째, 애플파이면 나도 보내줘. 둘째, 어떻게 그럴 시간이 있어? 넌 숙제 없어?"

"애플파이 아니고, 이건 학교에 낼 거야. 그리고 숙제는 다 했습니다, 선생님. 오늘은 다른 날보다 글도 많이 썼고요."

켈리의 목소리가 믹서기의 소음에 묻혔다가 다시 들려왔다.

"솔직히 말해봐. 수학 숙제는 다 한 거야? 아님 글 쓴다고 빼먹은 거야?"

진실의 순간이 왔기에, 그레고리는 앉은 채로 우물쭈물했다. 계획하고 있던 걸 숙제 친구들한테 말하는 것과 켈리한테 말하는 건 또 다른 문제였다. 그레고리는 켈리한테 거짓말 따윈 안 통한다는 걸 잘 알았다. 켈리는 결국 눈치를 채거나 어떻게든 밝혀내고 말 터였다.

"난 파업에 들어갔어."

"뭐?" 그릇이 쨍그랑거리는 소리에 켈리의 말소리가 중간중간 끊겼다. "파… 뭘 들어갔다고?"

"파업에 들어갔다고. 숙제 파업."

말을 꺼내고 나자 그레고리는 마음이 놓였다. 그래서 잠자코 켈리의 말을 기다렸다.

"그거 재밌네." 켈리가 잠시 멈췄다가 말을 이었다. "전부 얘기해봐."

그레고리는 숙제를 하루에 세 시간이나 하는 문제, 뱅스터 선생님과의 안 좋았던 상담, 그리고 어째서 글을 못 쓰게 된 건지 설명했다.

"그래서 더 이상 숙제를 안 하기로 했어."

"뭘 요구하는 거야?" 켈리가 쨍그랑 소리를 내며 뭔가를 섞었다. "요구 사항이 있어야지. 그게 없으면 그냥 숙제를 포기하는 거지, 파업하는 게 아니잖아."

"아직 몰라. 음… 내 말은… 난 내 시간을 돌려받고 싶어. 다들 나한테 그런 것들을 하라고 강요하는 게 싫어. 그게 얼마나 중요한지도 모르겠는데."

그레고리는 칠판 벽 앞에 서서 숙제 목록을 노려봤다.

"난 숙제가 좀 달라졌음 좋겠어."

"그건 요구 사항이 아니야. 네가 파업을 끝내게 하려면 사람들이 뭘 해야 하는지 정확히 알려야 해. 불가능해 보이더라도, 요구해봐. 파업을 할 거면 원하는 걸 확실히 얻어야지."

"어쩌면 옛날 법을 되살려야 할지도 몰라. 숙제를 다시 불법으로 만드는 거지."

"이제야 요구 사항 같네! 자세히 말해봐. 어떤 단계를 밟을 건데? 시의회로 곧장 가? 아니면 학교에서 시작해?"

"나도 모르겠어." 그레고리는 인정했다. "아마 학교부터 시작해야겠지? 그래, 학교. 하지만 우선 나 먼저 시작한 거지."

"너희 부모님은 뭐라고 하셔?"

그레고리는 대답하지 말고 그냥 전화를 끊을까 생각했다.

"너, 말씀 안 드렸구나?" 켈리가 단번에 말했다. "그래. 내가 누구랑 통화하고 있는지 깜빡했네."

켈리의 말투가 화가 났다거나 자기를 무시한 것도 아닌데 그레고리는 가슴이 콱 막혔다.

"네가 알고 있는지 몰라서 하는 말인데, 숙제를 그만두면 네 성적이 엄청 심각한 문제가 될 거야. 반대로 숙제를 많이 한 덕분에 올해 학교 성적이 좋아지면 어떡할래? 그리고…."

"야, 내가 학교에서 꽝인 건 너도 알잖아. 오웬 형하고 케이가 우리 집 브레인이지."

"그런 말 다신 하지 마." 켈리의 목소리는 심각했다. "안 그럼, 앞으로 파이 절대 안 준다."

"그건 불공평해!"

하지만 그레고리는 절로 미소를 지었다.

"학교에서 꽝인 건 맞지만, 그레고리 네 머리는 최고야. 숙제 파업을 해낼 사람은 너밖에 없을걸." 켈리가 큰 소리를 내며 코로 숨을 들이쉬었다. "야… 이 냄새 느껴져?"

"그럼! 당연히 느껴지지."

그레고리는 눈을 감았다. 켈리가 엄마의 레시피로 빵을 굽는 냄새를 그레고리는 단숨에 떠올릴 수 있었다. 행복한 냄새였다. 물론 애플파이 냄새만큼은 아니지만, 세상에서 두 번째로 행복한 냄새는 될 것이다.

"이러는 게 좋은 생각 같아?"

"너다운 생각이야." 켈리가 조용히 말했다.

완전히 나쁜 소식은 아니라고 그레고리는 생각했다.

하루 숙제를 건너뛰는 건 간단한 일이었다. 그레고리는 전에도 그런 적이 있었고, 그러고 나면 보충하느라 죽어났었다. 친구들한테 이상한 생각을 말하는 것도 그리 어려운 일이 아니었다. 그레고리는 수도 없이 그런 말을 했다가 종종 다음 날 곧장 취소했다. 하지만 자기 생각을 물불 가리지 않고 밀고 나가고 결과에 책임지는 건 완전히 다른 얘기였다. 확실히 그레고리의 전문 분야는 아니었다.

사실, 다음 날 아침에 일어나 영어 숙제를 후다닥 해치우고, 과학 숙제를 좀 쓰고, 수학 숙제에 시럽을 좀 쏟은 뒤, 그런 생각을 했었다는 사실 자체를 아예 잊어버려야지 하는 마음도 있었다. 내내 애나의 목소리가 머릿속을 맴돌았다. *넌 실패하고 말 거야.*

아침 시간이 마음먹은 대로 되지 않은 건 세 가지 사건 때문이었다. 첫 사건은 단순히, 오늘이 시리얼 먹는 날이고 시럽이 다 떨어져 선택지 하나가 없어진 거였다. 두 번째 사건은 전혀 예상 못 했는데, 그레고리가 아침을 먹는 도중, 엄마가 출근 전 아침 인사를 하러 왔을 때 벌어졌다.

“아빠하고 상의했는데…” 아침에 커피 한 잔을 마시고 나면 엄마는 항상 생기가 넘쳤는데, 오늘도 예외는 아니었다. “학기의 4분의 1이 지났으니, 이제 네가 최선을 다해줄 거라고 믿어. 그럼 분명 성적도 오르겠지. 널 믿고 이제 외출 금지를 풀어줄게. 그리고 4주 동안 성적 확인도 안 하기로 했단다.”

“사랑해요, 엄마.”

그레고리한테 생각난 말은 이게 다였다. 물론 진심이지만 좀 불완전해 보이긴 했다.

"맨날 봐주신다니까." 오웬이 투덜거렸다.

"참 좋은 말이네." 그레고리가 말했다. "형한테 말씀 좀 해주세요. 그게 얼마나 착한 소린지."

엄마가 아이들한테 차례로 뽀뽀를 해줬다.

"학교 잘 다녀와. 엄마, 아빠를 자랑스럽게 해주렴!"

엄마가 집을 나가자 오웬이 고개를 저었다.

"넌 참 운도 좋다." 오웬이 말했다. "엄마, 아빠가 네 성적을 보신다면 중학교 1학년 끝날 때까지 외출 금지일 텐데."

"그건 맞아." 그레고리도 동의했다.

그리고 그때, 세 번째 사건이 벌어졌다.

"성적은 웃겨." 케이가 말했다. "난 작년에 모둠 활동하고 놀이에서 '개선이 필요함'을 받았어. 대학교 수업 들으면서 스물한 살짜리들하고 친구 먹고 있었는데 말이야. 난 오웬 오빠 성적표 보느니, 그레고리 오빠가 재밌는 일 벌이는 거 보는 게 더 좋아."

케이의 말에 그레고리는 기분이 좋아졌다. 자기가 지금 정말로 재밌는 일을 벌이고 있다는 생각이 들었고, 케이처럼 사람들이 그걸 지켜보고 싶어 할 수도 있겠다는 생각도 들었다.

많은 사람들이 지켜봐준다면, 변화를 일으키는 게 더 쉬워지지 않을까? 어쨌든 상상은 자유니까. 지금으로서는 이 정도면 파업 1일째를 맞기에 충분했다.

"친구야." 학교로 가는 오르막길에서 알렉스가 그레고리한테 다가오며 말했다. "어제 숙제는 했어?"

"아니. 난 파업 중이야."

그레고리는 '파업'이란 말이 좋았다. 그 단어를 말하면 더 실감이 났다.

"아는 사람이 있기나 할까? 네가 숙제 안 내는 게 선생님들에겐 이미 익숙한 일이잖아."

"그렇긴 해도 아예 안 하진 않았어. 이러는 건 처음이고, 난 그냥 자유를 좀 누리고 싶을 뿐이야. 내가 뭘 위해 싸우는지 생각해 줘."

"싸운다고? 표현이 좀… 너, 깊게는 생각 안 해봤지, 그치?"

"그래." 그레고리는 동의했다. "하지만 시작한 지 이제 하루 됐고, 난 아주 행복해."

그렇게 한 주가 지나는 동안, 그레고리는 기분이 점점 더 좋아지고 있다는 걸 느꼈다. 매일 숙제 모임에 함께했지만 친구들이 숙제를 하는 동안 그레고리는 자기만의 일을 했다. 거의 매일 시를 썼고, 어떤 날은 단편소설도 썼고, 아예 아무것도 안 한 날도 있었다. 환상적인 느낌이었다. 그레고리는 종종 애나와 베니의 영어 숙제를 도와줬고, 가끔 과학 실험이나 역사 수업에 관한 대화에 낄 때도 있었지만, 단 한 번도 숙제장에 연필을 대진 않았다.

친구들은 싹 달라진 그레고리의 모습을 전혀 이해하지 못했다. 알렉스는 심지어 "그레고리 F"라고 부르기 시작했는데, 늘 웃으며 말해서 크게 거슬리진 않았다.

학교에서는 달라진 게 하나도 없었다. 그레고리는 그게 좋을 수도, 나쁠 수도 있다는 걸 깨달았는데, 그 이유는 하나였다. 파업 중이라는 사실을 지금까지 숙제 친구들 말고 아무에게도 알리지 않았던 것이다. 그레고리는 평소와 다름없이 수업에 참여했고 단지 숙제만 안 내고 있을 뿐이었다. 행복하게, 그리고 자유롭게 숙제를 빼먹고 있다는 점이 그레고리는 굉장히 마음에 들었다.

중학생이 된 이후 처음으로 그레고리는 행복감을 만끽했다.

하지만 금요일까지였다. 그날, 뱅스터 선생님이 그레고리한테 학교 끝나고 찾아오라고 했다. 그레고리는 긴장이 됐다.

"너, 딱 걸렸어." 점심시간에 알렉스가 말했다. "뱅스터 선생님이 알아차릴 거란 건 짐작했던 거잖아, 안 그래?"

그레고리는 고개를 끄덕였다.

"이런 말 해도 될지 모르겠는데…" 베니가 아주 진지하게 말했다. "지금이 파업 중단하기엔 딱인 것 같아. 뱅스터 선생님 호출은 최악의 상황이잖아."

"내 생각은 달라." 애나가 고개를 저었다. "혹시 알아? 무슨 일이 있을지는 가봐야 아는 거지."

뱅스터 선생님에게 불려가서 야단을 맞고 나면, 부모님에게 전화가 갈 것이고, 그러고 나면 총살을 당하겠지. 모든 수업이 끝난 후 계단을 오르면서 그레고리는 최악을 상상했다.

교실에 들어가자, 리포트 무더기에 둘러싸인 채 책상 앞에 앉아 있던 뱅스터 선생님이 찻잔을 높이 쳐들었다.

"차 한 잔 들 텐가?"

"괜찮아요, 뱅스터 선생님."

긴장한 채 그레고리는 선생님 맞은편에 가 앉았다.

"숙제를 채점하는 중이네, 그레고리 군. 그런데 자네 숙제가 또 없구만. 왜 그런 건지 말해주겠나?"

선생님이 명랑하게 물었지만, 책상 맨 위에는 빨강 펜과 성적부가 놓여 있었다. 소리 없는 위협이었다.

그레고리는 숨을 크게 들이쉬고 선생님을 바라봤다.

"저는 파업 중입니다, 뱅스터 선생님. 숙제 파업요."

하지만 선생님은 그저 차분히 차를 홀짝였다. 그레고리가 예상한 반응이 아니었다. 이건 아예 무반응이었다.

한참을 그렇게 앉아 있던 선생님이 찻잔을 내려놓더니 그레고리 쪽으로 몸을 기울였다.

"뭘 위해 파업 중인가?"

"음…" 그레고리는 작은 목소리로 말을 이었다. "숙제는 없어져야 합니다."

"숙제는 없어져야 한다? 그러니 선생님들은 숙제를 그만 내줘라?" 선생님이 고개를 저었다. "그게 어떻게 가능하지?"

"그, 숙제를 불법화했던 법 있잖아요? 그걸 되살리고 싶습니다."

"흥미롭군." 선생님이 고개를 끄덕이며 말했다. "사람들에게 자네의 주장을 어떻게 알릴 건가? 파업을 하면 어떤 과정을 통해 법이 바뀌게 되겠나?"

"어…."

선생님이 강한 어조로 얘기해서 그레고리는 순간 당황했다.

"어린 친구, 파업은 강력한 것이네. 충동적으로 일주일 정도 숙제 안 하려고 뛰어들 일은 아니지. 난관에 부딪히거나 심각한 결과가 생길 경우도 대비해야만 하네."

선생님이 의자에서 일어났다.

"자넨 그럴 준비가 돼 있나?"

"지금까지 나온 결과는, 제가 더 행복해졌다는 거예요."

"아니지!" 선생님이 책상을 쳤다. "내 수업에서 자네 성적이 떨어지고 있는 것도 또 하나의 결과네. 다른 수업들도 다 그렇겠지. 이건 심각한 결과네, 그레고리 군. 자네 행동으로 인한 결과니까, 그 행동엔 뭔가 중요한 의미가 담겨 있어야겠지. 그래, 왜 파업을 하는 건가?"

"무력감이 듭니다. 막다른 길에 서 있는 것처럼 무기력한 느낌이에요. 아무도 제 행복에 대해선 신경을 안 써요. 다들 이래라저래라만 하죠."

"그러니까, 저 아래 밑바닥에 있는 자네도 권리가 있어야 한단 말인가?"

선생님이 눈을 빛내며 책상 뒤의 벽장 쪽으로 가더니 잠금 장치를 풀었다.

"잠시 기다려주게."

이렇게 말하고, 선생님은 안으로 사라졌다.

뱅스터 선생님의 벽장에 대해서는 말이 많았다. 지금까지 학생들이 제출한 숙제를 전부 보관하고 있다고 하는 사람도 있었고, 빨강 펜이 절대 떨어질 일 없도록 벽장 안에 빨강 펜이 그득할 거라고 믿는 사람도 있었다. 오웬은 치과에서 얌전히 굴면 상으로 주는 것 같은 싸구려 물건이 가득 들어 있을 거라고 주장했지만, 그레고리가 보기에 뱅스터 선생님과 뿡뿡 쿠션은 뭔가 서로 안 맞는 것 같았다.

안에서는 바스락거리는 소리가 계속해서 들렸다. 그레고리는 어떤 끔찍한 운명을 맞게 될지 상상하며 가만히 앉아 있었다.

이윽고 뱅스터 선생님이 책을 한 무더기 들고 나타났다. 벽장의 미스터리에 관한 이야기가 무궁무진했기 때문에, 그레고리는 조금 실망스러웠다.

선생님이 주요 항목을 읊으면서 책을 한 권씩 그레고리 앞에 내려놓았다.

"17장, 풀먼 파업. 여기선 8장, 1919년 철강 파업. 1959년 철강 파업과 혼동하지 말게."

"어… 물론이죠."

"이 책엔 우정국 노동자 파업 얘기가 있네. 페이지에 표시돼 있을 걸세. 이건 그림책 같아 보이지? 그래도 1899년 신문 배달 소년 파업이 잘 정리돼 있지. 이건 특히 관련성이 있네, 그레고리 군. 왜냐면 젊은이와 기성세대의 대립이니까. 여기, 보스턴 티파티에 대한 기막힌 얘기도 있네. 자네가 잘 아는 부분이지. 분명 파업은 아니지만, 변화가 필요하다는 걸 주장한 사례이니, 중요한 내용이 될 걸세."

그런 뒤에도 선생님은 책 여덟 권을 더 보여줬다.

"마지막으로 여기, 파업의 쟁점을 잊어버릴 경우엔 〈탁탁 톡톡 음메~ 젖소가 편지를 쓴대요〉*, 이 책을 봐야 하네."

"이해가 안 되네요. 왜 저한테 이걸 주시죠?"

"자주 언급되지 않는 중대한 결론이 있기 때문이네. 흔히 역사를 모르면 역사를 되풀이하게 마련이라고 하지. 역사를 모르면 되풀이되는 부분이 있다는 게 결론일세."

선생님이 책상 맨 아래 서랍을 열었다.

"자, 마지막 책. 이건 꼭 조심히 다뤄주게."

책을 꺼내는 순간, 그레고리는 알아봤다.

"거북이 여틀**!"

어쩐지, '저 아래 밑바닥에 있는'이라는 말이 익숙하게 들린다 했다.

"많은 가르침을 주는 책이네, 그레고리 군. 읽고 나서 깊이 생각한다면 말이야."

---

*젖소들이 농장 주인에게, 담요를 주지 않으면 우유를 주지 않겠다며 파업을 선언하는 내용의 동화.

**자기가 다스리는 연못 왕국이 너무 좁다고 생각한 거북이 여틀의 탐욕을 그린 동화.

선생님이 책 한 무더기를 늘어놓았다.

"이걸 주말에 읽든가, 아니면 오늘 당장 파업을 포기하는 게 나을 걸세. 선택은 물론 자네 몫이네. 하지만 이것만큼은 알아두게. 자네가 현재 하고 있는 파업은 의미가 없네. 게다가 난 손 하나 까딱 안 하고 자네를 깔아뭉갤 수 있지. 교사들 전부가 말이야."

그레고리는 거의 본능적으로 책 무더기를 집어 들었다. 일어나 선생님에게 인사하고 계단을 반쯤 내려왔을 때에야 그레고리는 무슨 일이 벌어진 건지 깨달았다.

"숙제가 생겼네!"

그레고리의 목소리가 계단에 메아리쳤다. 그런데 신기하게도 이 숙제는 할 가치가 있어 보였다. 그레고리는 머릿속으로 주말 계획을 다시 정리했다. 파업은 그레고리가 원해서 한 것이니 그동안 무슨 일을 했건 간에 이것 하나는 확실했다. 숙제할 시간이라는 것.

아무리 강조해도 지나치지 않다.

계획을 너무 우습게 봤다.

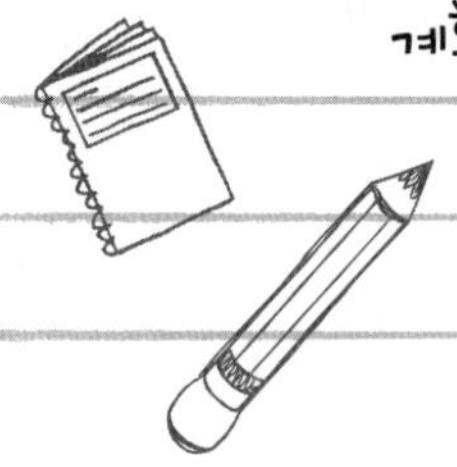

정말 예상치 못한 쪽으로 상황이 흘러간다고, 뱅스터 선생님이 준 책 더미를 보며 그레고리는 생각했다. 처음엔 한두 권만 대충 훑어보거나, 그냥 닥터 수스 책만 읽고 다 읽었다고 둘러댈 생각이었다. 하지만 읽기 시작하자 그레고리는 빠져들고 말았다.

알고 보니 파업은 정말 흥미로웠다. 무섭기도 했다. 파업에 참여한 사람들이 직장과 친구를 잃은 일에 관해 읽었다. 상대편이 고용한 폭력배에게 '두들겨 맞은' 사람들에 대해서도 읽었다. 감옥에 갇히거나 죽임을 당한 일, 성공한 파업과 실패한 파업에 관해서도 읽었다.

읽어갈수록 한 가지 중요한 사실을 분명히 깨달았다. 성공하기 위해서는 동지가 있어야 한다는 것이다. 동지가 아주 많이 필요했다. 혼자서는 파업을 해도 아무런 힘을 발휘하지 못했다. 자기 자신을 위험에 빠뜨릴 뿐이었다. 대의명분을 가지고 사람들이 자기를 따르도록 이끄는 건 조용히 성명을 발표하는 것과는 아주 다른 문제였다.

책에 있는 그림 중에 확실히 영감을 주는 것들이 있었다. 많은 사람들이 배너와 피켓을 들고 나와 더 나은 처우를 요구한다. 그레고리가 바라던 게 바로 이거였다. 과거 식민지 주민들과 신문배달 소년들처럼, 그레고리도 권력자들에게 맞서 자유를 요구하고 있는 것이다!

주말 내내, 그레고리는 과거에 일어난 사건, 위대한 주장과 지도자들, 그리고 변화를 일구는 사람들에게 닥쳤던 고난에 대해 읽었다. 일요일 밤이 되자, 그레고리는 결심이 흔들렸다. 아직 친구들만 아는 상황이라 마음을 바꿀 시간이 있었고, 미션에 실패하더라도 친구들은 신경 쓰지 않을 터였다. 첫, 친구들은 어차피 이걸 미션으로 여기지도 않았다. 지금까지 일주일 숙제를 빼먹었을 뿐이었다.

월요일 아침 식사 때, 그레고리는 생각에 골똘한 나머지 엄마가 식탁에 가져다준 베이컨을 놓칠 뻔했다.

"난 오빠 눈만 봐도 알아." 케이가 말했다. "분명히 말하지만, 난 기대가 돼."

"나도 그래."

그레고리는 하루 정도 심사숙고할 시간이 있어 다행이라 생각하며 학교로 향했다. 이렇게 얻은 새로운 시각으로 수업 시간에 일어나는 일을 관찰하면서 지금 기울이고 있는 노력이 타당한지, 성공할 가능성은 있는지를 판단할 수 있을 것이다. 아니라면, 바로 그만두고 잊어버리면 된다.

월요일은 언제나 힘든데, 지루한 한 주의 시작이기 때문이다.

아무리 파업 중이고 주말 내내 숙제를 안 했다 해도, 그건 달라지지 않았다. 그레고리와 알렉스는 월요일이지만 애써 명랑하게 역사 교실로 가는 계단을 함께 터덜터덜 올랐다.

수업이 시작되기 전에 학생들은 여느 때처럼 자리에 앉아 교과서와 공책을 꺼냈다. 그레고리는 관찰 모드에 돌입했다.

뱅스터 선생님이 자리에서 일어서서 교실 맨 앞줄로 걸어가며 말했다.

"숙제를 꺼내라. 내가 지나가며 걷어 갈 테니."

그레고리는 가슴이 철렁 내려앉았다. 이런 경우는 처음이었다.

지난주까지만 해도 수업이 끝나면 나가면서 출입문 옆에 있는 바구니에 숙제를 넣게 돼 있었다. 다른 학생들이 서둘러 숙제를 찾아 가방을 뒤지자, 그레고리는 식은땀이 나기 시작했다. 낼 숙제가 없었기 때문이다. 지난주까지만 해도 아무렇지 않게 그냥 교실을 나가면 됐는데….

뱅스터 선생님이 한 학생씩 차례로 숙제를 걷었고, 마침내 그레고리 차례가 되었다.

"그레고리 군, 자네 숙제는?"

"전 없어요."

"자네는 숙제를 안 했나?" 선생님이 고개를 저었다. "왜 안 했는지, 나와 반 친구들한테 말해주겠나?"

당했다! 현장에서! 오늘 상황이 이렇게 될 줄은 꿈에도 생각 못했다. 또다시 교사가 권력을 휘두른 것이고, 이번엔 학생에게 창피를 주기 위해서였다. 이제 더 이상 숨을 데도 없었다. 갈피를 못 잡던 그레고리는 결국 결정을 내렸다.

"전 파업 중이에요."

그레고리는 단호하게 말했다… 그렇지만 크게는 아니었다.

선생님은 아무런 움직임이 없었다.

잠시 후, 그레고리는 제법 큰 소리로 말했다.

"저는 숙제 파업 중이에요."

뒤를 이은 침묵은 감당하기 어려울 만큼 무거웠다. 자기가 한 말만 허공에 맴돌았고, 그레고리는 폭발할 지경이었다.

잠시 후 계속 다른 학생들의 숙제를 걷으면서 선생님이 다시 말했다.

"우리 모두에게 말해주겠나? 왜 숙제 파업 중이지?"

그레고리는 모든 시선이 자기한테 쏠리고 있다는 걸 느꼈다. 알렉스가 응원의 의미로 엄지를 척 들어 올리는 게 보였다. 베니는 천천히 고개를 젓고는 피식 웃었다. 애나는 그레고리를 빤히 쳐다보며 미소를 보냈다. 이 정도면 충분했다.

"저흰 숙제가 너무 많습니다. 아무도 저희한테 선택권은 안 주고요. 이건 불공평합니다. 저희도 권리가 있어요, 뱅스터 선생님. 저는 이걸 변화시키기 위해 파업 중입니다."

그레고리는 거북이 여틀 이야기를 인용하면 왠지 도움이 될 것 같았다. 선생님이 그 권력자 이야기에 조금 양심이 찔릴지도 모르니까 말이다.

"글쎄… 그레고리처럼 숙제 빵점 받고 싶은 사람 있나?" 선생님이 걷었던 숙제를 높이 들어 올리며 말을 이었다. "바로 기꺼이 숙제를 돌려줄 테니까."

숙제를 받아 가는 사람은 없었다.

"고생하게."

뱅스터 선생님은 그레고리를 향해 이렇게 말하고는 수업을 시작했다.

그레고리는 자기 모습이 사라지기를 바라며 자리에 웅크려 앉았다.

하지만 그럴 일은 없었다.

수업이 끝나고 반 친구들 속에 끼어 계단을 내려갈 때도 그레고리는 온통 자기한테 쏟아지는 아이들의 시선을 느껴야 했다. 바보가 된 기분이었다. 대체 무슨 생각으로 그런 걸까? 뱅스터 선생님에게 문제 제기를 했다가 망신만 당하고 웃음거리가 되고 만 것이다.

"너, 끝내준다." 1학년 학년회장인 엘레나 토드가 지나가는 그레고리한테 말했다.

"너, 돌았냐?" 야구부 주장인 보리스 매스터슨이 이렇게 말하며 어깨를 세게 툭 치는 바람에, 그레고리는 계단에서 굴러 떨어질 뻔했다.

"내가 도울 게 있으면 말해." 멋진 척하기 좋아하는 척 도리스가 끼어들었다.

"너도 숙제를 그만해, 그럼." 그레고리가 대답했다. "나랑 같이."

척은 못 들은 척, 재빨리 계단 위의 아이들한테 돌아갔다.

그레고리는 3층에서 자기를 기다리는 알렉스, 애나, 베니한테 갔다. 다른 교실들에서 나온 몇몇 아이들이 그레고리한테 엄지를 척 들어 올리거나 응원을 해줬다. 그때 멋짐 짱인 브룩 오스터가 고개를 저으며 지나갔다.

"멍청한 녀석." 브룩이 이렇게 말하자, 브룩과 함께 있던 아이들이 웃음을 터트렸다.

마침내 숙제 친구들하고만 남게 되자 그레고리가 먼저 입을 열었다.

"끝내주는 거랑 멍청한 건 같은 말이야, 그치?"

"난 네가 자랑스러워." 애나가 말했다. "말과 행동이 일치하는 사람이야. 우리 아빠는 그게 가장 중요하댔어."

"성적보다 더?"

"큰 그림을 봐야지." 애나가 빙긋 웃었다. "매일매일 벌어지는 일 말고."

"네 용기에 감탄했다, 그레고리." 베니가 말했다. "다음 단계는 뭔지 말해줄래?"

"살아남아야지." 그레고리는 농담 반, 진담 반으로 말했다.

"속도가 붙을 거야. 소문이 퍼질 테니까. 네 아이디어가 날아오르는 거라고!" 친구들을 다음 교실로 이끌며 알렉스가 말했다.

"아니면 몸에 묶인 크립토나이트 때문에 곤두박질치는 슈퍼맨처럼 될지도 모르지. 하지만 어떻게 되든 구경하긴 재밌겠다."

"학교 끝나고 좀 도와주라. 숙제할 시간에서 한 30분만 내줘. 그래줄 수 있어?" 그레고리는 눈을 반짝이며 말했다. "바짝 밀어붙여야지."

그레고리의 파업에 관한 소문은 빠르게 퍼져나갔다.

점심시간에 그레고리가 뭘 쏟은 것도 아니고 접시를 깨트린 것도 아닌데, 사람들이 그레고리를 쳐다봤다. 그날 마지막 수업인 영어 시간에는 뱅스터 선생님까지도 소문을 내고 다녔다는 사실을 알게 되었다.

"그레고리." 에이헌 영어 선생님이 숙제를 내란 말도 없이 슬프게 말했다. "네 글을 즐겨 읽곤 했는데. 난 빵점 주는 건 싫어한단다. 다시 내 수업을 열심히 들어주면 좋겠구나."

"저는 지금도 선생님 수업을 열심히 듣고 있어요."

그레고리가 항의하자 에이헌 선생님이 어깨를 으쓱했다.

"부분적으로 열심히 하는 거지. 부분적으로 성적도 나갈 거고."

학교가 끝나자, 그레고리는 친구들과 나중에 다시 만나기로 하고 헤어졌다. 친구들은 숙제하러 애나네 집으로 갔다. 그레고리는 혼자서 생각을 정리할 시간이 필요했다. 여러 해 동안 켈리와 다녔을 때처럼 도움이 되진 않겠지만, 늘 편안한 장소가 그레고리에겐 한 곳 있었다. 바로 슬라이스 카페였다.

슬라이스는 크게 달라진 게 없었다. 인테리어도 거의 그대로였고 여전히 맛난 디저트를 먹을 수 있었다. 반갑게 맞이하는 기분 좋은 활기도 그대로였다. 물론 이제 켈리와 켈리 엄마는 떠나고 없지만, 그래도 그레고리가 언제든 마음대로 갈 수 있는 곳이었다. 게다가 켈리 엄마가 매매 계약서에 그레고리가 올 때마다 공짜 초콜릿 쿠키를 제공한다는 조항을 넣어주셨다. 그레고리는 켈리 엄마가 베푼 친절을 남용하기 싫었지만, 가끔… 쿠키가 필요한 날이 있었다. 오늘이 바로 그런 날이었다.

쿠키와 우유 한 잔으로 무장하고, 그레고리는 켈리와 함께 숙제하곤 했던 테이블로 가 앉았다. 켈리가 곁에 없어서 조금 슬펐지만, 그레고리는 이내 두 가지 문서를 작성하기 시작했다. 그레고리한테 사람들이 던지고 있는 질문의 목록, 그리고 그보다 더 중요한 선언문이었다. 그레고리는 뱅스터 선생님이 준 책들을 읽으면서 역사적으로 성공한 파업에는 늘 선언문, 목적과 해결책의 목록이 있었다는 걸 알게 되었다. 즉 성공하기 위해서는 그레고리도 그런 걸 작성해야만 했다.

그레고리는 재빨리 앞에 놓인 흰 종이에 '숙제'라고 적은 뒤 연필을 멈췄다. 한참을 그렇게 있다가 마침내 숙제라는 단어 위에 쿠키를 올려놓고 둘레를 따라 연필로 그었다. 그리고 쿠키를 들어 올린 뒤, 쿠키를 따라 그려진 원을 비스듬히 가로질러 선을 그렸다. 또 한 번 숙제 반대 기호를 그린 건데, 이번에는 맨 아랫부분에 이렇게 추가했다. #숙제 파업.

선언문은 아니지만 그건 하나의 맹세였다. 그레고리는 종이를 펄럭 넘겨서 다른 종이에 또 글을 쓰기 시작했다. 복잡한 생각을 정리하기 위해서였다.

애나네 집에 가니, 친구들은 그레고리가 부탁한 30분을 내주려고 부지런히 숙제를 끝낸 참이었다.

"자, 봐봐. 인정하긴 싫지만 뱅스터 선생님 덕분에, 이번 주말하고 오늘, 난 많은 생각을 하게 됐어." 그레고리는 친구들 옆에 앉았다. "나 혼자 이걸 할 순 없어. 동참할 사람들이 필요해."

"쳐다보지 마, 친구야." 알렉스가 재빨리 말했다. "난 논리력을 지원하러 왔을 뿐이야."

"글쎄, 너도 내 입장에 동의하게 될지 몰라." 그레고리는 자기가 쓴 것을 꺼내서 큰 소리로 읽었다. "독립선언문. 이 선언을 듣는 만민은…."

"만민이라고?" 애나가 웃으며 끼어들었다.

"어색해?"

친구들 모두 이건 아니라며 고개를 저었다.

"좋아. 좀 옛날 방식으로 해본 건데…."

"우릴 넘어오게 해야지, 그레고리. 밀어내는 게 아니라." 알렉스가 연필 두 자루로 공책 위를 드럼 치듯 쳤다.

그레고리는 다시 읽었다.

"나는 더 이상 학교 끝나고 숙제를 하지 않을 것이다. 열심히 노력하고 배우는 걸 계속하겠지만, 매일 학교 끝나고 몇 시간 동안 뭘 할지에 대해, 남들이 이래라저래라 하는 걸 더 이상 용납하지 않을 것이다. 16세 미만 학생에게 숙제를 내주는 일을 다시 불법화하기 위해 캠페인을 벌일 것이다. 우리가 직접 나서지 않으면 상황은 나아지지 않을 것이다. 절대로 나아지지 않을 것이다. 내 뜻에 동참해 오늘을 우리의 독립기념일로 삼자!"

그러고는 친구들을 봤다.

"어떤 거 같아?"

"간단해서 좋네." 쿠키 접시로 손을 뻗으며 애나가 말했다. "서명해줄 건 없어?"

"너도 참여하려고?"

"아니!" 애나가 쿠키를 깨물며 말했다. "그냥 함께 생각하며 도와주려는 것뿐이야. 그게 다야."

"서명할 건 따로 안 만들었어. 내가 여기 종이 맨 아래에 제일 먼저 서명하면 돼. 존 핸콕*이 그랬던 것처럼 말이야. 그런 뒤 다른 사람들도 따라 하길 기다리는 거지."

"혹시나 많은 사람이 동참할지도 모르는데, 더 큰 종이가 필요하지 않을까?" 베니가 말했다.

"그건 그때 가서 해결하지 뭐. 한 번에 하나씩 생각해내는 중이니까. 일단 사본을 만들어 모두에게 나눠주고, 어떻게 되나 보고 싶어."

*미국독립전쟁의 지도자로, 독립선언서에 최초로 서명했다.

"학생들은 전 과목에서 낙제하길 바라진 않아." 베니가 덧붙였다. "그래서 내가 참여를 못 하는 거야. 만민 대부분이 그럴 거야."

"꼭 낙제하는 건 아냐." 애나가 조용히 말했다. 모두의 시선이 애나한테 향했다. "진짜야."

애나가 공책을 집어 들더니 빈 장을 펴서 재빨리 거기다 거의 완벽한 원을 그렸다.

"난 수학적 사실 같은 건 잘 몰라." 애나가 말했다. "하지만 관찰은 잘해. 봐, 이 원이 너의 성적이야. 100퍼센트를 받을 수 있어, 그렇지?" 그러고는 원 안에 파이 조각 모양의 작은 쐐기를 그려 넣었다. "이게 원의 20퍼센트야. 이게 대부분 수업에서 숙제가 차지하는 비율이야, 맞지?"

"어… 네 말이 맞겠지."

그레고리는 이해가 안 됐지만 맞장구를 쳤다.

"그러니까, 성적의 나머지 80퍼센트는 여전히 통제가 된다는 거야. 보고서, 시험, 출석 점수. 그런데 중요한 건 이거야."

애나가 재빨리 80퍼센트 쐐기 모양에다 선을 그려서 정확히 10개의 똑같은 조각으로 나눴다.

"자, 이제 이 선들이 그 80퍼센트의 100퍼센트를 이룬다고 생각해봐. 숙제를 뺀 나머지에서 평균 80점을 받는다고 해보자."

애나가 10개 중 8개의 조각을 짙게 칠했다.

"64점을 받겠지." 알렉스가 계산하면서 말했다. "낙제가 아니라, 통과네.”

“D를 받고.” 베니가 덧붙였다.

“그래도 통과는 하네!” 그레고리는 파업이 시작된 뒤로 이렇게 기분이 좋아진 적이 없었다. “외출 금지는 당하겠지만 통과야.”

“별로 여유는 없어.” 도표를 보며 알렉스가 말했다. “시험과 숙제에 평균 74점 받으면 낙제니까.”

“그럼 26점 여유가 있네. 그리고 내가 나머지에서 평균 100점을 받으면…” 하지만 그레고리는 금세 꼬리를 내렸다. “그래, 좋아. 만약 네가 평균 100점을 받으면 알렉스 넌 B는 받겠네, 그렇지?”

“친구야, 진심이냐?” 알렉스가 고개를 흔들었다. “난 그저 지원군이라고. 잊었어?”

“진짜 문제는 딱 하나야.” 애나가 말했다. “숙제가 역시 성적 3분의 1을 차지한다는 거.”

“그렇다면?” 그레고리가 물었다.

“통과하려면, 나머지에서 평균 A를 받아야 한다는 거지.”

애나가 이렇게 말하자, 그레고리는 기가 꺾였다.

“그 선생님 깜짝 논술에서 A를 받아야 한다고?” 그레고리는 짜증이 나서 손바닥으로 테이블을 내리치고, 자기 선언문을 다시 봤다. “그거 알아? 그게 내가 파업을 하는 이유야. 역사 시간에 배워야 할 내용을 다 배우더라도 수업을 통과하지 못하잖아. 이건 정상이 아니야. 공정하지 않다구.”

“그렇지만 그게 사실이야.” 베니가 말했다.

"내가 파업에 성공하면 바뀔 수도 있어." 그레고리는 선언문을 집어 들었다. "만민 말고, 더 고칠 건 없어?"

세 친구는 고개를 저었다.

저녁 먹으러 집에 가려고 뿔뿔이 흩어지자, 그레고리는 우선 근처 복사 가게로 갔다. 평소 숙제에 필요해서 복사를 할 때는 부모님께 돈을 타서 썼다. 하지만 이번에는 모아둔 용돈을 쓰는 게 현명하겠다고 그레고리는 생각했다.

파업 선언문 복사본이 가득 든 상자를 들고 학교로 걸어가니, 그레고리는 더더욱 기분이 좋아졌다. 마치 자유를 보장해줄 면허증 사본 200장을 나르고 있는 것 같았다. 기분이 좋은 나머지, 아무도 학교에 나오기 전에 등교하기 위해 일찍 일어나는 것도 수월했다.

그레고리는 학교 정문 옆에다 책가방을 내려놓고, 사본 한 무더기를 꺼내서는 계단에 앉아 사람들이 도착하길 기다렸다.

그레고리 뒤에서 교문이 열렸다. 돌아보니, 맥켈란 교장선생님이 서 있었다. 크고 단단한 체구에 어깨가 떡 벌어진 교장선생님의 모습이 마치 탱크처럼 보였다.

"그레고리 재스퍼튼 군. 꼭 만나고 싶었는데 잘됐네. 내 사무실로 따라오지 않겠나?"

교장선생님의 낮은 목소리가 아침 공기를 갈랐다.

"제 의견을 물어보신 건가요?"

"아니."

교장선생님은 문을 활짝 연 채로 잡고 있었다.

한숨을 쉬고 나서 그레고리는 짐을 챙겼다. 정확히 무슨 일인지 몰라도, 하나는 분명했다. 차라리 오웬 형과 아침 먹는 게 교장실에 불려 가는 것보다는 나을 것이다. 교장실에 가면 생길 좋은 일이란 게 있을까? 없다, 끝이다. 하지만 어쨌든 교장실로 가야만 했다.

8

인생은 커브 볼을 던진다. 체인지업도—
마음속엔 의심만 가득해진다.
하지만 인생이 뭘 던지든
난 배트를 휘두르리.
삼진 당하지 않길 바라며.

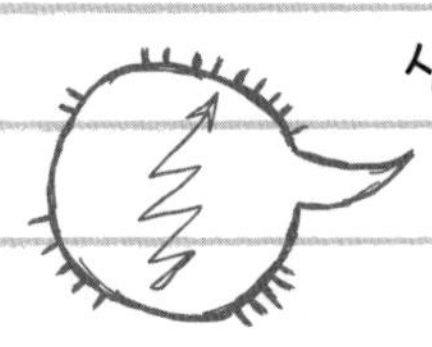

교장실로 가는 복도에는 모리스 중학교의 업적이 모두 전시돼 있는 커다란 트로피 진열장이 있었다.

"곰들의 자긍심, 학교의 자랑이지!" 교장선생님이 진열장 유리를 톡톡 치며 말했다. "저쪽이 자네 형 코너야."

교장선생님이 가리킨 곳에는 수학 경시대회, 글짓기 대회, 학업 10종 경기 등에서 오웬이 받은 상장과 트로피가 줄지어 있었다. 형이 얼마나 대단한 천재인지 보여주는 것들이었다.

미로와도 같은 복도를 지나 마침내 교장실에 이르자, 교장선생님은 그레고리를 먼저 안으로 들여보내고 따라 들어갔다. 거구의 교장선생님과 둘이서만 있게 되니 그레고리는 자기도 모르게 몸이 움츠러들었다.

"자, 그레고리 군. 오늘 아침 기분은 어떤가?"

교장선생님이 테이블 앞 초대형 의자에 몸을 구겨 넣었다.

"좋아요, 맥켈란 교장선생님."

잠시 어색한 침묵이 흘렀다.

교장선생님이 몸을 앞으로 기울이자, 그레고리는 본능적으로 몸을 뒤로 뺐다.

"뱅스터 선생님이 네가 숙제를 제출하지 않고 있다고 하시더구나. 네가 숙제가 너무 많다고 생각한다는 말씀도 하셨다."

교장선생님이 잠시 멈췄다가 말을 이었다.

"이걸 알아줬으면 좋겠다. 너희 선생님들은 모두 실력이 뛰어난 분들이다. 그분들이 숙제를 많이 내주실 땐 다 이유가 있어서야. 선생님들을 내가 110퍼센트 지지한다는 걸 알아둬라."

교장선생님의 우람한 손이 금속 테이블을 쾅 내리치는 소리가 벽에 부딪혀 튕겨 나와 그레고리의 머리를 강타했다.

주눅이 든 그레고리는 작은 목소리로 말했다.

"선생님들께 화가 난 건 아니에요."

"하라고 한 걸 안 하는 게 선생님들께 불손하게 구는 거야."

"그럴 생각은 전혀 없었어요."

그레고리는 잠시 자기가 숙제를 그냥 안 하는 게 아니고 다 생각이 있어서 파업 중이라고 말해도 될지 고민했다. 뱅스터 선생님이 교장선생님에게 모든 걸 이야기하진 않은 것 같았다.

뱅스터 선생님은 왜 파업에 대해서는 아무 말씀도 안 하신 걸까? 파업을 심각하게 여기지 않으셨을 확률이 높다. 선생님 눈에는 그저 골치 아픈 학생 하나가 숙제를 안 하려고 버티는 것뿐이리라. 아이들이 스스로 판단하게 놔두지 않고 선생님들 맘대로 속단한다는 생각에 그레고리는 기분이 나빠졌다. 심지어 분노마저 일었다.

생각에 빠져 아무 말도 귀에 들어오지 않던 그레고리는 교장선생님이 손바닥으로 테이블을 다시 쿵 치자 그제야 선생님 말에 귀를 기울였다.

"그런데도 그런 짓을 하고 있다니. 나를 친구로 생각하고 내 말을 잘 들어라, 그레고리 군. 불손하게 굴고 자기 할 일을 열심히 안 하면 모리스 중학교뿐 아니라 어디에 가도 성공할 수 없다. 곰들의 자긍심을 갖고 우리 학교를 자랑스럽게 해다오."

다시 한 번 그레고리는 무슨 말을 하면 좋을지, 말을 해야 할지 말아야 할지 확신이 서지 않았다. 하지만 자기가 뭘 원하는지는 분명했다. 그레고리는 학교 정문으로 돌아가서 전단지를 나눠주고 싶었다. 곰들을 도발하고 싶었다. 그러려면 입을 꾹 다물고 있는 것보다는 "노력해볼게요, 교장선생님" 하고 얌전히 끝내는 게 최선일 것 같았다. 그래서 그렇게 말했다.

두 번이나 테이블을 내리친 보람이 있었다는 듯 교장선생님은 만족스러운 표정이었다. 선생님은 곧 그레고리를 보내줬다.

나중에 돌이켜보니, 교장실을 나가자마자 파업 전단을 나눠준 게 잘한 짓은 아니었다. 하지만 그때 그레고리는 불이 붙은 상태였다. 아무도 아이들을 신경 쓰지 않는다는 건 이제 분명했고, 지금이 일어나서 그걸 변화시킬 때였다.

그레고리는 복도의 미로에서 두 번 길을 잃고 나서야 학교 정문으로 갔다. 그리고 역사 수업이 시작될 때까지 학생들한테 전단을 나눠줬다. 엘레나 토드가 전단을 받자마자 땅바닥에 버리지 않는 걸 보고, 그레고리는 기분이 살짝 좋아졌다.

그레고리는 모두에게 이게 좋은 행동이고, 자기가 곰들의 자긍심을 갖고 행동한다는 걸 보여주고 싶었다.

물을 것도 없이, 그레고리와 파업은 점심시간의 화젯거리였다.

"당연하지." 베니가 알려줬다. "이번 주는 스포츠 행사가 없으니까."

그래도 운동선수들, 밴드 멤버들, 학급 임원들이 지나가며 환호를 보내주는 건 그레고리에게 흔치 않은 일이었다. 사실, 오늘이 처음이었다.

"네가 완전 옳아." 엘레나 토드가 그레고리 옆에 멈춰 서더니 말했다. "우리가 시간을 어떻게 보내느냐에 우리도 발언권이 있어야지."

점심시간은 꽤 재밌었고, 하루 종일 진전이 있는 것처럼 느껴졌다. 몇몇 선생님이 그레고리를 보고 한심하다는 듯 얼굴을 찌푸렸지만, 대개는 지지하는 듯한 반응을 보였다.

"친구야, 사람들의 서명을 받고 너한테 동참하게 해야지." 친구들과 학교를 나설 때 알렉스가 말했다. "너, 완전 불이 붙었어!"

그래서 그레고리는 곧장 계단 맨 아래로 내려가 공책과 펜을 꺼내고, 지나가는 친구들한테 이렇게 말했다.

"파업에 동참해줘!"

순간 그레고리는 자석끼리 서로 밀어내는 게 어떤 느낌인지 이해가 됐다. 그레고리가 펜을 내밀자 아이들은 총알처럼 사라졌다. 그리고 다른 아이들도 그레고리한테 거리를 두기 시작했다. 가끔 격려의 말을 외칠 뿐이었다.

"행운을 빈다, 그레고리." 척 도리스가 재빨리 스쳐 가며 말했다. "네 덕분에 비디오게임 할 시간이 세 시간 더 생기면, 넌 내 영웅이 될 거야."

"그래서 파업하는 건 아니야."

그레고리가 이렇게 말했지만 이미 척은 사라지고 없었다.

쏟아져 나오는 학생들이 줄어들자, 알렉스가 다가왔다.

"친구야, 애들도 좀 생각할 시간이 필요할 거야."

"넌 생각해봤잖아. 근데 네 사인은 여기 안 보이네?"

그레고리가 공책을 가리키자 알렉스가 멋쩍게 웃었다.

"어차피 아무 서명도 없잖아!"

그레고리는 웃지 않았다.

"그래. 하지만 걔들은 내 친구가 아니잖아." 그레고리는 그렇게 중얼거리고 깊은 한숨을 내뱉었다. "내일 저녁쯤 되면, 분명 다들 잊어버릴 거야."

"내가 볼 땐 안 그럴 것 같아." 알렉스가 말했다. 그레고리는 확신이 없어서 어깨를 으쓱했다. "이제 가야지. 가서 숙제나 좀 하든가."

"뭐래?"

그레고리는 공책을 책가방에 도로 쑤셔 넣었다. 오늘 그레고리가 할 숙제는 물론 없었다. 대신 집에 가서 지난번에 뱅스터 선생님이 준 책들을 읽을 작정이었다. 파업에 대해서는 충분히 이해가 됐지만 참여하는 사람이 없다는 건 분명 문제였다. 어쩌면 그레고리가 뭔가 놓친 게 있는지도 몰랐다. 사람들이 참여하지 않는다면, 파업은 그레고리 성적표 말고는 아무것에도 영향을 미치지 못할 터였다.

수요일 아침, 학교에서 동참하는 사람이 아무도 없을지 모른다는 그레고리의 두려움은 현실이 되었다. 알렉스와 함께 수업이 시작되기 전에 학교 정문 앞을 어슬렁거렸지만, 다가와서 정보를 구하거나 참가를 희망하는 학생은 없었다. 그저 자기 쪽을 쳐다본 아이들이 몇 명 있다는 사실에 만족해야 했다.

역사 시간에, 뱅스터 선생님이 또 숙제를 걷으려고 교실 안을 돌아다녔다. 그런데 이번에는 그레고리를 종점으로 하는 이상한 경로를 택했다.

"다른 학생들은 모두 숙제를 제출했네, 그레고리 군."

선생님은 그레고리한테 낼 숙제가 없으리라는 걸 빤히 알면서도 손을 뻗었다.

"보아하니, 아무도 자네처럼 숙제를 문제 삼진 않는 것 같구만. 좋은 소식이지, 안 그런가?"

왠지 모르게 이 말은 그레고리를 의기소침하게 만들었고, 뱅스터 선생님의 수업은 늘 그렇듯 흥미로웠지만 그레고리는 수업에 집중하지 못했다. 대신에 바보처럼 보이지도, 성적 보충을 위해 추가 과제를 너무 많이 하지도 않고서 파업을 그만둘 방법은 없을지 고민하기 시작했다. 수업 끝종이 울렸을 때도 그레고리는 생각에 빠져 있었지만, 귀를 찌르는 그 벨소리 때문에 다행히 선생님이 한 마지막 말을 들을 수 있었다.

"이미 내준 숙제에 추가로, 여러분이 숙제를 얼마나 가치 있게, 혹은 가치 없게 여기는지를 써 오도록. 또 숙제의 가치에 관해 미국의 역사적 인물 최소 두 명이 한 말을 인용하도록. 반드시 주제 문장을 쓰고, 최소 세 문단, 200단어, 그리고 항상 얘기하지만 문법에 맞는 완전한 문장을 써 올 것."

뱅스터 선생님은 학생들의 실망한 반응에서 에너지를 얻는 것처럼 보였다.

"기한은 금요일까지다."

좋아. 그레고리는 생각했다. 파업을 끝낼 수는 있지만… 이번 주는 아니다!

뱅스터 선생님은 반 아이들 전체에게 말하면서도 내내 그레고리를 똑바로 응시하고 있었다.

"이 숙제도 다른 숙제와 마찬가지로 성적에 들어간다. 부디 명심하도록."

"애들이 이 숙제는 너 때문이래." 점심시간에 베니가 말했다. "왜 그렇게 말하는지 이해는 돼."

"난 선생님께 구실을 드린 것뿐이야." 그레고리가 짜증나서 말했다. "애들이 진짜 나를 비난해?"

"너 아니었음, 왜 선생님이 숙제를 문제 삼겠어? 논리적으로 따져보면 말이야."

애나도 도시락을 들고 친구들과 함께 먹으려고 왔다.

"난 대체 왜 파업을 하겠다고 한 거지?" 그레고리는 건성으로 음식을 씹었다. "파업이 증명해주는 건, 어른들만 아이들 생각에 신경 안 쓰는 게 아니라, 아이들도 신경을 안 쓴다는 거야."

"인내심 훈련한다 생각해." 애나가 말했다.

"일요일 밤 열두 시에 역사 숙제를 마쳤을 때, 나도 비슷한 생각이 들었어." 베니가 덧붙였다. "우리 엄마한텐 내가 그랬단 말 하지 마."

"난 이제 어떡하지? 내 친구들조차 설득 못 하는데…."

그때 알렉스가 종이 뭉치를 들고 다가오며 말했다.

"어이, 친구. 넌 유명 인사야!"

알렉스가 식탁 위에 종이 뭉치를 쿵 하고 떨어뜨렸다. 그제야 그레고리는 그게 그냥 종이가 아니라 학교 신문이란 걸 알았다. 그리고….

"말도 안 돼."

맨 위의 신문을 집어 들고 뚫어지게 들여다보던 그레고리의 입이 딱 벌어졌다. 1면의 하단에 교문 앞에서 공책을 들고 학생들의 서명을 받으려고 애쓰는 자기 사진이 있었다. 그 위에 붙은 헤드라인은 이랬다.

모리스 중학교 1학년생, 숙제 파업에 들어가다

"그 사진은 어제 찍은 거야. 너, 괜찮지?" 알렉스가 그레고리 옆에 앉으며 말했다. "친구야, 넌 핫 이슈야."

그레고리는 페이지를 넘겨 기사를 계속 읽어나갔다. 친구들은 그레고리가 눈썹을 치켜세우고 코를 찡그리는 모습을 잠자코 지켜봤다. 마침내 그레고리가 신문을 내려놓았다. 그리고…

"굉장해!" 그레고리의 얼굴에 떠오른 미소는 카페 조명으로 써도 될 듯했다. "모든 요점을 정확히 짚어줬구나."

"네가 계속 떠들어댔잖아." 알렉스가 씩 웃었다.

"난 이 부분이 제일 좋아." 그레고리는 신문이 접힌 부분을 펼쳐서 애나가 전에 그려준 것과 똑같은 화려한 원 그래프를 보여주며 말했다. "모두 제가 전 과목을 낙제할 거라 생각하겠죠. 꼭 그렇지만은 않다는 걸 이제 모두 알게 될 거예요." 그러고는 애나를 돌아보며 물었다. "이거, 네가 그린 거야?"

애나가 고개를 끄덕였다. "일부러 시간 내서 다시 그렸어."

"뱅스터 선생님 부분이 난 제일 좋았어." 알렉스가 말했다.

"맞아!" 그레고리는 큰 소리로 그 부분을 읽었다. "그레고리 재스퍼튼 군이 정말로 7일 연속 숙제를 제출하지 않았는지 확인해 주기를 거부하며, 로저 뱅스터 선생님은 한 사람의 목소리로부터 역사는 시작돼왔다고 말했다."

"파업 얘기가 동네방네 다 퍼지겠네." 베니가 음식을 먹으며 말했다. "이 기회를 잘 포착해야 돼."

"선생님들은 오늘 오후에 신문을 받으실 거고, 나머지는 내일 아침에 뿌릴 거야." 알렉스가 말했다. "준비를 해야지."

"굉장해!"가 그레고리가 말할 수 있는 전부였다. 그레고리는 신문을 다시 봤다. 자기 사진과 이야기가 1면을 장식하다니, 정말 근사해 보였다.

학교가 끝나고 집으로 걸어가며 그레고리는 공중을 떠다니는 기분이었다. 친구들과 합의한 대로 다음 날 수업 시작하기 전 교문 앞에 나갈 준비를 하기 위해 빨리 집으로 가고 싶었다.

집에 도착할 즈음, 그레고리의 머릿속은 시나리오로 가득 찼다. 그레고리 뒤로 줄을 선 학생들, 숙제를 그만 내주기로 한 선생님들, 그레고리가 학교의 자긍심을 일깨워줬다고 말하는 맥켈란 교장선생님….

집 안으로 들어가 자기 방으로 가려는데 식탁 앞에 앉아 있던 오웬이 말했다.

"헤이! 사진 잘 나왔네."

그레고리는 그대로 몇 걸음 지나쳤지만, 결국 참을 수가 없었다. 그래서 걸음을 멈추고 돌아서서 큰 소리로 물었다.

"무슨 사진?"

그레고리가 1면을 장식한 학교 신문 한 부를 오웬이 내밀었다.

"이 사진."

"그거 어디서 났어?"

그레고리는 자기도 모르게 신경질적으로 왔다 갔다 했다.

"내 동생 얘기 읽으니까 좋네. 엄마랑 아빠도 이 기사가 마음에 드실 거야."

"뭐?"

"부모님도 파업을 지지하시잖아, 그렇지?"

오웬은 표정 하나 안 바뀐 채 그렇게 물었다.

"아직 모르셔. 말씀드리려던 참이었어."

"걱정 마. 내가 대신 처리했으니까."

복도에 서 있는 그레고리 옆을 지나치며 오웬이 말했다.

아무것도 계획대로 되지 않는구나… 그레고리는 책가방을 바닥에 던지고 공책과 펜을 꺼내 이렇게 적었다.

엄마와 아빠께— 저는 달로 도망칩니다. 사랑해요. 그레고리.

종이를 뜯어내려다 말고 그레고리는 공책을 덮었다. 달로 도망치는 건 비현실적이다. 그대신, 그레고리는 자기 물건을 전부 집어 들고 서둘러 방으로 가서, 문을 닫고 이불 속에 들어가 웅크렸다. 여기는 안전했다… 적어도 당분간은.

9

난 말했지. 전 숙제 알레르기가 있어요.
기침이 나고 숨을 쌕쌕거리게 돼요.
선생님들은 절대 믿어주지 않았어.
"알레르기? 병원 가서 주사나 맞으렴."
하며 웃어댈 뿐이었지.
오늘 선생님들은 웃지 못해. 숙제도 내주지 못해.
내가 의사 진단서를 받았거든!

그레고리가 내내 침대 이불 속에만 있었던 건 아니었다. 켈리한테 전화를 해봤는데, 무용 수업 중이라 휴대폰이 꺼져 있었다. 그레고리는 신문 배달 소년들의 파업에 대한 책에서 뱅스터 선생님이 읽으라고 표시해주지 않은 부분도 찾아 읽었다. 생각을 정리해보려고 자기한테 숙제가 갖는 가치에 대한 글의 초안도 써봤다. 하지만 결국 피할 수 없는 운명을 기다리며 다시 이불 속에 숨고 말았다.

얼마 후 방문을 노크하는 소리에, 그레고리는 이불 밖으로 얼굴을 내밀었다.

"사람 없어요."

"그럼 그냥 들어갈게."

곧 엄마가 방으로 들어왔다.

"죄송해요, 엄마."

그레고리는 침대에서 일어나 앉았지만, 여전히 이불로 몸을 감싼 채였다.

엄마가 다가와서 침대 발치에 앉았다.

"제가 뭘 하고 있는지 말씀드렸어야 했는데."

"그래."

엄마가 한 말은 이게 다였다.

"못 하게 하실 줄 알았어요."

"그래서, 그냥 아무 말도 안 한 거야? 장기적인 전략은 아니네, 그치?"

엄마가 부드러운 목소리로 말했기 때문에, 그레고리는 꽁꽁 싸매고 있던 고치 밖으로 조금 더 나올 수 있었다.

"네. 하지만 이 파업은 장기전이에요."

"믿거나 말거나, 엄만 널 이해해. 단기적인 부분이 좀 걱정되긴 하지만."

"학교에서 쫓겨나진 않을 거예요. 그건 걱정 안 하셔도 돼요. 오웬 형이 그래프도 보여드렸어요?"

"아니." 엄마가 웃었다. "하지만 나중에 우리도 보긴 했어. 그래도…."

"전 수업 시간마다 정말 열심히 해요. 수업에 참여하고, 시험 보고, 학교에서 하는 활동은 다 해요. 계속 이렇게만 하면, 전 과목에서 낙제 안 할 거예요. 전 무례하게 굴려고 이러는 게 아니에요. 불손하게 굴려는 것도 아니고요. 시민 불복종을 수행하고 있는 것뿐이에요."

그레고리는 칠판 벽에 적힌 숙제 목록을 가리켰다.

"저게 그 이유고요."

"네가 열심히 하고 있다는 거 알아. 안 그럼, 지금 난 웃고 있지도 않겠지. 하지만 행동엔 결과가 따르는 법인데, 지금 그게 중요한 건지 엄마는 잘 모르겠구나."

"중요한 건 아이들에게 권리가 없다는 거예요. 엄마 생각은, 제가 선생님들을 언짢게 하면서 숙제를 건너뛰면 안 된다는 거죠? 물론 엄마 말이 옳을 수도 있어요."

그레고리는 앞으로 몸을 내밀고, 엄마가 더 잘 들어주길 바라며 강한 어조로 말을 이었다.

"하지만 하루 세 시간이나 돼요. 왜 하는지, 뭘 위해 하는지도 모르는 일을 하며 세 시간을 보내라고요? 단기적으로 봤을 때 안 좋은 일이고, 장기적으로 보면 더 나쁘다고요."

"네 생각은 잘 알겠어…" 엄마가 말을 신중히 골랐다. "다만…."

"엄마 마음대로 하세요. 그럼 외출 금지 시키세요. 휴대폰도 뺏으세요. 오웬 형을 과외 선생으로 앉히세요. 전 그만두지 않을 테니까요."

자기가 한 말에 그레고리는 스스로 놀랐고, 엄마가 웃는 바람에 또 놀랐다.

"아이고, 그레고리. 난 네가 하는 파업이 정말 굉장하다고 생각해." 엄마가 손을 뻗어 아들의 머리칼을 헝클어트렸다. "그만두라고 하진 않을 거야."

"그만두라고 안 하신다고요?"

그레고리의 눈이 원반만큼 커졌다.

"그래. 그리고 아빠한테도 그만두라는 말씀 안 하시게 잘 말씀드릴게. 지금 당장은 말이야." 엄마가 심호흡을 했다. "다만, 뭘 감수해야 하는지를 네가 알고 있나 확인해본 거야. 너도 알다시피 절대 쉬운 일은 아니야."

"네. 알아가고 있어요."

"난 대학교에 가서야 했는데, 그래서 엄만 좀 놀랐어."

"잠깐만요. 대학교 때 뭘 하셨다고요?"

"아, 자세한 얘긴 중요하지 않아. 좋은 뜻에서 한 거였고, 나도 젊고 신념이 있던 때였지." 엄마가 어깨를 으쓱했다. "다 옛날 일이야."

"어떻게 됐어요?"

그레고리는 단서를 찾으려고 엄마의 얼굴을 살폈다.

"많이 배웠지."

"뭘 배우셨는데요?"

"큰 문제로 이어질 때도 있고, 뒷수습이 안 될 때도 있지. 그래도 좋은 뜻을 위해서라면, 그게 큰 대가는 아니란 거야. 장기적으로 봤을 때 얘기지만." 엄마가 문 쪽으로 향하며 말을 이었다.

"이제 요리하던 거 마무리해야겠다. 퀴노아-알팔파 완자를 오븐에 너무 오래 놔두면 그린 그레이비소스를 넣었을 때 맛이 별로거든."

괴상한 수요일 저녁 요리가 맛있게 들릴 정도로 그레고리의 기분은 최고였다. 안 그래도 처음부터 부모님께 말씀 안 드린 게 계속 찜찜했는데 말이다. 이제 부모님께 모든 걸 말씀드려서 일을 바로잡아야 한다. 오웬 형이 놀리는 소리를 저녁 먹는 내내 들어야 한다 해도 말이다.

저녁은 그레고리가 예상한 것보다 괜찮았다. 물론 음식을 말하는 게 아니라 아무도, 심지어 오웬 형도 파업이 끔찍한 생각이라고 말하지 않았기 때문이다. 오웬 형이 연방 법은 학생들의 권리를 제약하기 때문에 전형적인 파업과 달리 그레고리가 법적 보호를 못 받을 거라고 말했지만, 지금 그건 중요하지 않았다.

부모님은 그레고리의 이야기를 모두 들은 뒤 도움이 되는 질문들을 해줬다. 엄마는 열광적인 아이디어를 많이 제시했는데, 그레고리는 파업 주제가가 있어야 한다는 제안만은 사양했다. 그리고 케이는 저녁을 다 먹을 때까지 놀랄 만큼 조용했다.

"오빠는 나만의 간디, 소로*야." 그레고리가 쓴 시에 대해 말할 때만 나오는 존경 어린 눈빛으로 그레고리를 보며, 케이가 말했

*19세기 미국의 사상가, 수필가(전체 이름은 헨리 데이비드 소로). 그가 대표작 〈시민의 반항〉에서 제창한 '시민 불복종' 개념은 후에 마하트마 간디의 비폭력 불복종 운동, 마틴 루서 킹의 흑인 인권 운동 등에 커다란 영향을 주었다.

다. "오빠한텐 멋있는 슬로건과 피켓이 필요해."

"케이 말이 맞아." 엄마도 덧붙였다. "'우린 숙제가 너무 많은데, 정말 조금만 내주셨으면 해요. 감사합니다' 하고 노래한다고 사람들이 모이진 않을 거야. 짧고 듣기 좋은 게 필요해."

케이가 한 첫 마디 말은 완전히 이해하지 못했지만, 멋진 슬로건과 피켓이 필요하다는 말에는 그레고리도 동감했다. 피켓에 쓰고 싶은 말이 몇 가지 있었지만, 그레고리는 예술적 재능이 없어서 직접 만들 엄두가 안 났다. 그래서 도와줄 사람을 떠올려봤다. 애나였다. 그레고리는 저녁 식사를 마치고 전화해서 양해를 구한 뒤, 케이가 과학 축제 때 쓰다 남긴 포스터 보드 몇 장을 들고 애나네 집으로 갔다.

"아침에 쓸 피켓이 필요해서." 그레고리는 스케치한 종이 몇 장을 애나한테 건네며 말했다. "내가 만들면 허접해 보일 거라서 직접 만들기가 좀 그렇더라구."

애나는 그레고리를 데리고 차고로 갔다. 차고 안에는 캔버스와 이젤이 가득했는데, 빈 이젤들 가운데는 작업을 하다 만 것들도 여럿 있었다. 바닥 보호용으로 깔아둔 천에는 물감 방울이 튀어 마치 잭슨 폴록*이 다녀간 흔적처럼 보였고, 벽에 걸린 그림들의 생생한 색채는 작업 중인 그림들의 보다 어두운 색채와 대조

*미국 추상표현주의의 선구적 화가. 커다란 캔버스에 물감을 붓거나 떨어뜨려서 작품을 제작하는 액션페인팅으로 유명하다.

를 이루었다.

“굉장해. 너희 아빠 거야? 아님 엄마?”

“아니. 내 거야.” 애나가 대답했다.

그레고리는 정신없이 주변을 둘러보며 물감을 여러 겹 덧바른 그림들의 색상과 모양, 질감을 구경했다. 나무, 풍경, 과일을 연습 삼아 그린 작품들도 있었다. 그래도 그레고리의 눈은 추상적인 디자인, 환영처럼 보이는 건물 그림에 대부분 머물렀다.

“농담이지, 그치? 이게 정말 전부 다 네 거라고?”

그레고리는 구경을 멈추고 들고 온 포스터 보드를 애나한테 넘겨줬다.

“넌 글을 쓰잖아. 난 그림을 그려. 별거 아냐.”

애나가 포스터 보드를 이젤에 올렸다.

“나한텐 대단하지. 정말 멋지다. 너, 그림 엄청 잘 그려!”

“고마워.”

“그림을 얼마나 자주 그려?” 빈 캔버스가 무더기로 쌓여 있는 게 그레고리의 눈에 띄었다. “그러니까, 이것들 채워 넣으려면 얼마나 걸려?”

“몰라. 하루 종일 그림 그리는 내 능력을 학교가 막고 있지.”

애나의 농담을 그레고리는 말투로 금세 알아챘다. 그레고리도 자주 그런 투로 말하기 때문이었다. 그레고리는 할 말을 잃고 애나 쪽으로 다가갔다.

한참 동안 가만히 있던 애나가 매직펜 한 박스를 집어 들었다.

"이건 내가 마무리해줄게, 오케이?"

"실력을 너무 발휘하진 말고. '안녕하세요, 미켈란젤로님. 저희 집 차고 칠하는 것 좀 도와주실래요?' 하고 말하는 느낌이라." 그레고리는 잠시 멈췄다가 말을 이었다. "내가 피켓을 만들면 읽기도 어려울 거야."

"에이, 별거 아냐. 덕분에 평일 밤에 내가 여기 나와 있을 수 있게 됐잖아."

정말 슬픈 일이라고 그레고리는 생각했다. 그리고 자기가 파업을 왜 하는가를 완벽히 보여주는 사례이기도 했다. 이건 그레고리만을 위한 일이 아니었다. 모두에게 더 좋은 일이었다. 애나가 피켓 작업을 시작하자, 그레고리는 애나한테 매일 그림 그릴 시간이 더 생기는 걸 상상했다. 상황이 다시 나빠지더라도 그런 희망을 품고 버텨야겠다는 생각이 들었다. 상황이 어떻게 더 나빠질지는 알 수 없지만, 그래도 사람 일은 모르는 거니까….

다음 날 아침, 그레고리는 애나가 만들어준 피켓 세 개, 그리고 받침대로 쓸 이동식 이젤 두 개를 책가방에 동여매고 학교로 향했다. 피켓 하나는 손으로 들 수 있게 긴 나무 막대기에 테이프로 붙여놓았다.

그레고리는 다른 학생들보다 일찍 학교에 도착해 작업을 시작했다. 나중에 업무방해죄로 고소하는 사람이 없도록, 그레고리는 학교 정문으로부터 6미터를 쟀다. 파업에 대해 공부하는 동안 읽은 법률 책에서 본 대로였다. 그러고 나서 확실히 해두려고, 1.5미터쯤 더 걸어가 학교 건물로 통하는 보도블록 너머 조그마한 풀밭에 자리 잡았다. 완벽했다.

그레고리는 이젤 하나를 설치하고, 그 위에 세 개의 피켓 중 가장 큰 것을 올렸다. 크게 적은 '숙제' 글자를 가로질러 'No' 표시가 크게 그려진 것이었다. 그 아래엔 그레고리가 혀를 내두를 만큼 완벽하게 잘 읽히는 글씨로 이렇게 씌어 있었다.

#숙제 파업

두 번째 이젤을 설치하던 중, 학교 건물에서 누군가 자기를 내다보는 것 같은 느낌이 들었다. 돌아봤지만 아무도 보이지 않았다. 그레고리는 두 번째 피켓을 세웠다. 이 피켓의 맨 위에는 '내 목소리가 들리길 원한다'라고 씌어 있었다. 아랫부분은 비어 있었다. 그레고리는 책가방에서 애나한테 빌린 색색의 매직펜을 꺼내 이젤 선반 위에 늘어놓았다. 그리고 그중에서 빨강 매직펜을 골라 뚜껑을 열었다.

그때 뒤에서 걸걸한 목소리가 들려왔다.

"잠깐만, 어린 양반."

그레고리는 깜짝 놀라 주위를 둘러보다 알렉스라는 걸 알고는 맘이 놓였다.

"내 잔디밭에서 나가라, 이 성가신 꼬마야!"

"넌 여기서 뭐 하냐?"

"우리 기자들은 뉴스를 찾아다니지." 알렉스가 휴대폰을 꺼냈다. "애나가 알려줬어. 현장 사진도 찍고, 잘하면 큰 일이 벌어질 수도 있잖아."

"그래, 독립선언서 서명식에 빠진 게 그거였지. 사진. 남겨진 건 형편없는 그림들뿐이고." 그레고리는 피식 웃었다. "진심이야?"

"너한테 〈닥터 후〉* 마지막 시즌을 보라고 강요한 뒤로 이렇게 진심이었던 적은 없다, 친구야." 알렉스가 그레고리의 사진을 찍기 위해 렌즈 초점을 맞췄다. "이제 넌 존 핸콕인 거야."

심호흡을 한 뒤, 그레고리는 비어 있는 피켓 아랫부분에 빨강 매직펜으로 자기 이름을 크게 썼다. 그리고 그걸 보기 위해 한 발 뒤로 물러섰다. 알렉스도 다가와서 그걸 봤다.

"너 유명해지면, 내 원본 사진에 꼭 사인해주기다." 알렉스가 휴대폰으로 찍은 사진을 확인하며 말했다.

"유명해져? 그럴 일 없을걸." 그레고리는 매직펜의 뚜껑을 닫았다. "이것 좀 봐. 애나는 이런 것도 할 줄 알아."

그레고리는 포스터 보드를 붙인 나무 막대기를 집어 들고 알렉스를 향해 돌렸다. 저울을 든 정의의 여신 모습이 담긴 그림을 보더니 알렉스가 낮게 휘파람을 불었다. 학교가 놓인 한쪽 저울은 아래로 내려가 있고, 많은 학생들이 서 있는 다른 쪽 저울은 높게 올라가 있었다. 그 아래엔 이렇게 씌어 있었다.

우리도 권리가 있어야 한다!

---

*영국 BBC에서 제작, 방영한 인기 SF 드라마 시리즈.

"애나 굉장하다!" 알렉스가 말했다.

"친구야, 너 애나 좋아하지?"

"뭐라고? 그냥 그림 얘기한 거야."

알렉스의 얼굴이 그레고리가 서명할 때 쓴 빨강 매직펜처럼 새빨개졌다.

"농담이야." 그레고리는 알겠다는 뜻으로 두 손을 들었다. "그런데 사실, 애나가 진짜 근사하긴 하지."

"그럼 난 가서 신문을 나눠줄게. 건투를 빈다."

알렉스는 아직도 얼굴이 홍당무인 채로 금세 사라졌고, 그레고리는 다시 혼자 교문 앞에 남았다.

여기서 보이는 학교는 거대했고, 그레고리는 문득 이제부터가 진짜 시작이라는 생각이 들었다. 학생 몇 명이 모여 단체를 만들어봤자 거대 기관과 그 기관이 대변하는 권력에는 상대가 안 된다. 물론 신문 배달 소년들과 철강 노동자들, 그리고 수많은 다른 이들도 처음에는 그렇게 보였을 것이다.

어느새 학생들이 서서히 모습을 드러내기 시작했다. 애나가 만들어준 피켓을 들고 왔다 갔다 하는 그레고리를 몇몇 아이들이 긴장한 눈빛으로 바라봤다. 대부분은 그레고리한테 거리를 뒀다.

몇 분 뒤, 알렉스와 학교신문사 기자들이 정문 계단 앞에 나와서 〈모리스 뉴스〉를 나눠줬다. 신문을 받으면 보통 1면만 쓱 훑어볼 뿐 바로 휴지통으로 던져버리기 일쑤인데, 오늘은 그래도 평소보다 많은 아이들이 신문을 읽었다. 아이들은 그레고리를 쳐다보고… 다시 신문을 봤다.

그레고리는 다시 재빨리 왔다 갔다 하며 외치기 시작했다.

"헤이, 요! 유 세이 숙제! 아이 세이 노!"

그레고리는 관중이 점점 모여들어 주위를 에워쌀 때까지 계속해서 구호를 외쳤다.

느리긴 했지만 동참하는 목소리가 점점 커지기 시작했다. 처음엔 다섯 명, 그러다 스무 명, 그러다 구호를 외치는 아이들이 쉰 명으로 늘어났다.

"헤이, 요! 유 세이 숙제! 아이 세이 노!"

그레고리 주위로 학생들이 몰려들었고, 알렉스는 주변을 뛰어다니며 사진을 찍었다. 학생들을 더 끌어들이기 위해 그레고리는 더 큰 소리로 구호를 외쳤다.

그때 교내 방송 스피커에서 맥켈란 교장선생님의 목소리가 크게 울려 퍼졌다. 증폭되어 나는 윙 소리와 지지직거리는 잡음에도 불구하고, 교장선생님의 기분이 나쁘다는 게 분명히 드러났다.

"학생 여러분, 당장 1교시 수업 받으러 교실로 들어가세요."

구호 외치는 소리가 금세 잦아들었다.

"시작종 칠 때까지 3분 남았습니다. 수업에 들어가지 않는 사람은 5일 동안 나머지 공부를 시키겠습니다."

마치 전교생이 육상부가 된 것 같았다. 그레고리한테 다가들던 학생들이 즉시 발을 돌렸고, 이젤 두 개가 쓰러졌고, 그레고리의 준비물들이 주위에 흩어졌다.

그레고리는 학교 건물 위에서 교장선생님이 학생들을, 특히 자기를 지켜보고 있다는 걸 깨달았다.

"어서, 그레고리." 애나가 갑자기 어디선가 나타났다. "수업 들어가자."

"받침대는 나한테 있어." 또 어디선가 베니가 나타났다.

그레고리는 좀 전까지만 해도 안 보이던 친구들이 갑자기 어디서 나왔나 싶어 어리둥절했다.

셋은 그레고리의 물건들을 재빨리 챙겨서 학교로 달려갔다. 숨을 헉헉거리며 3층 층계참을 돌았을 때, 베니가 발을 헛디뎌 이젤을 떨어뜨렸다.

"빨리 가!"

그레고리는 떨어진 걸 주워 모으며 친구들한테 외쳤다. 자기 때문에 나머지 공부를 하게 할 순 없었다.

시작종 치기 1초 전, 그레고리는 숨을 헐떡이며 뱅스터 선생님의 교실로 미끄러져 들어갔다.

"좋은 아침이군." 학생들의 흥분을 모른 척하며 선생님이 말했다. "다들 숙제를 제출하게. 그레고리 군은 자리에 앉고."

그레고리는 정신을 가다듬는 데 몇 분 정도 걸렸다. 일단 이젤과 책가방을 책상에 던져놓고 포스터를 들어 올려 보니, '내 목소리가 들리길 원한다' 포스터였다. 서명은 하나도 못 받은 채였다.

"좋아, 좋아." 그레고리 위에서 뱅스터 선생님이 포스터의 빈 공간을 내려다보며 말했다. "정말 자랑스럽겠구만."

그레고리는 여러 가지 기분이 들었지만, 자랑스러운 기분 따윈 없었다.

"하지만 맥켈란 교장선생님께선 분명 오늘 벌어진 일이 자랑스럽지 않으시겠지. 자네에게 모든 책임을 물으실 테고." 선생님이 덧붙였다. "난 그저 자네가 알고 싶을 거 같아서."

그레고리는 옆쪽 벽에 포스터를 기대어 세워놓고 털썩 주저앉았다. 역시 파업은 어려운 일이었다. 그래도 이 정도까지일 줄은 몰랐다. 결국 얻은 게 뭐지? 지금 이 순간엔 아무것도 없었다.

10

전 항상 숙제가 뭘 가르쳐주는지,
뭘 도와주는지 이해가 안 됐어요.
스트레스와 불안감만 쌓이게 만들고
어떤 건 너무 지루하고, 정말 너무너무 많아요.
그래서 사는 게 공허해요. 저는 숙제 안 해요.
왜냐면 숙제가 싫거든요.

그레고리는 숨을 가다듬고 수업에 참여하려 애썼다. 뱅스터 선생님은 식민지 시절 주민들에 대한 강의를 하고 있었다. 흥미로운 강의였지만, 그레고리의 눈은 자꾸만 포스터를 향했다. 부서지고 망가지고 텅 비어 있는…. 교실을 둘러보니 다른 아이들도 흘끔흘끔 포스터를 쳐다보고 있었다. 특히 애나가….

뱅스터 선생님이 당시의 독립운동 단체에 관한 이야기를 마치자, 애나가 손을 들었다.

"그래, 애나 양? 자네가 질문을 다 하다니, 기쁘구만."

"그레고리는 우리 목소리를 들어달라고 한 것뿐인데, 맥켈란 교장선생님은 왜 기분이 나쁘신 거죠? 우리 목소리를 들어달라는 게 나쁜 짓인가요?"

"그게 독립운동 단체와 무슨 관련이 있지?"

"없어요." 애나가 순순히 인정했다. "그리고 선생님이 숙제에 관해 내주신 작문 숙제도 관련이 없죠. 그리고 어…."

스물다섯 명의 학생이 동시에 놀라 숨을 들이마시는 바람에, 교실 안에 진공청소기를 켠 것 같은 소리가 났다. 하지만 뱅스터 선생님은 껄껄 웃을 뿐이었다.

"맞는 말이네. 자네와 이 반 모두에게 질문하겠다. 여러분 목소리가 들리길 원한다면서, 왜 모두 그레고리의 포스터에 서명하지 않은 겐가?"

학년회장 엘레나 토드가 맨 먼저 손을 들었다.

"문제에 말려들기 싫었어요."

"좋아, 좋아. 그런데 여러분 목소리를 들어달라고 말하는 게 왜 문제가 될 거라 생각했나?"

"데모를 하는 거 같았거든요." 엘레나가 대답했다.

그레고리는 엘레나의 표정을 보고, 엘레나도 그게 딱히 좋은 답은 아니라고 생각한다는 걸 알았다.

보리스 매스터슨의 손이 총알처럼 올라갔다.

"저한텐 성적이 중요해요."

"그렇다는 게 자네 성적에 나타나 있네, 보리스 군." 선생님이 잠시 멈췄다가 말을 이었다. "하지만 그게 내가 한 질문은 아닐 텐데. 말을 할 때는 작문에서와 마찬가지로 연관성 있게 해야 하네. 자, 다시 묻겠다. 왜 여러분 목소리를 들어달라는 포스터에 서명하지 않은 겐가?"

다음으로 베니의 손이 올라갔다.

"포스터에 서명한다는 건 그레고리한테 동의한다는 거고, 파업에 참여하는 걸로 보이기 쉬우니까요."

선생님이 고개를 끄덕였다.

"연좌죄. 식민지 주민 다수가 왕에게 충성하지 않는 자들과 공모했다는 이유로 감금됐었지."

"그냥 전부 부질없는 짓 같아요." 맨 앞자리에서 브록이 말했다. "숙제가 없어질 일은 없어요. 그레고리 같은 애가 그걸 바꾸는 건 불가능해요."

"메시지 또는 그 메시지를 전달할 능력에 대한 불신." 선생님이 고쳐 말했다. "사람들은 현재 상태가 그대루 유지될 거라고 기대하기 십상이지. 그에 대항하는 건 대개 헛된 노력으로 끝나고. 사실이다. 허나, 지금 내가 하는 질문에 거수로 대답해보도록. 엘레나가 한 말에 동의하는 사람? 문제에 말려들고 싶지 않다."

거수 결과는 거의 만장일치였다.

"하지만 그건 다른 문제잖아요. 안 그런가요?" 애나가 물었다. "밖에서 뛰어다니며 소리쳤다고 뭘 잘못한 건 아니잖아요."

"옳고 그름의 문제가 아니지. 만일 문제가 생기면 무슨 일이 일어날지 모르는데, 그걸 보고만 있어야 하겠나?"

그레고리는 고개를 저었다.

"교장선생님은 우리를 위협했어요. 철강 파업 당시 파업 지도자들을 두들겨 패서, 다른 노동자들이 생명의 위협을 느끼게 하려고 했을 때처럼 말이에요."

"하지만 어쩌면 교장선생님께선 이 일을 전부 무시하실 생각일 수도 있네. 자네를 문제 삼는다면 자네에게 관심을 집중시킬 위험이 생기니까." 선생님이 살짝 미소를 짓더니 말을 이었다. "그건 누구도 바라지 않는 바이겠지."

"그건 그래요. 교장선생님은 제가 키드 블링크* 같은 아이로 보이게 만들고 싶진 않으시겠죠. 모두 저를 응원하게 될 테니까요."

"정확하네, 그레고리 군."

"다 말도 안 돼요."

애나가 이렇게 말하더니 일어나서 포스터를 향해 교실을 가로질러 갔다. 학생들이 전부 지켜보는 가운데, 애나는 매직펜을 집어 들고 포스터에 서명했다.

"결론적으로, 저는 제 목소리가 들리길 원해요."

그러고는 매직펜 뚜껑을 닫더니 베니한테 걸어갔다. 베니는 오랫동안 망설였지만, 애나는 계속 베니를 뚫어져라 쳐다봤다. 결국, 베니도 매직펜을 받아 들고 포스터에 서명하러 갔다.

"저희 부모님은 동의 안 하시겠지만, 뭐, 이제 아무래도 상관없어요."

베니가 과장된 동작으로 서명하고 포스터를 바라봤다. 한참을

*1899년에 일어난 신문 배달 소년 파업의 주도자. 카리스마 넘치는 연설로 유명했고, 한쪽 눈이 실명이어서 키드 블링크(Kid Blink)라는 이름으로 불렸다.

그러고 있더니 그레고리를 보며 말했다.

"하지만 분명히 말해두는데, 부모님이 나한테 뭐라 하시면, 앞으로 너 줄 만두는 없어."

"그래도 할 말 없지 뭐."

이렇게 대답하는 그레고리의 눈은 웃고 있었다.

베니가 그레고리한테 매직펜을 건넸고, 그레고리는 매직펜을 높이 치켜들었다.

"자기 목소리가 들리길 바라는 사람 또 없어?"

수업이 끝날 무렵, 그레고리와 애나, 베니, 엘레나의 서명 밑으로 스무 개의 서명이 이어졌다. 그레고리는 이렇게 서명을 받은 게 전반적으로 뭘 의미하는 건지는 정확히 몰랐지만, 적어도 이제 더 이상 혼자가 아니었다.

하지만 금세 냉정한 현실을 깨닫게 되었다. 반 친구들과 함께 복도를 걸어 내려가는 도중에 맥켈란 교장선생님이 반대쪽에서 걸어오자, 또다시 그레고리한테 자석의 밀어내는 힘이 생겼다. 친구들이 마치 잘 모르는 사람인 양 그레고리와 거리를 두고 떨어진 것이다. 혼자가 되는 건 이게 전부 끝날 때까지 숱하게 겪을 일이라는 걸 그레고리는 깨달았다.

다행히 교장선생님은 그레고리한테 전혀 관심을 보이지 않고, 손에 든 두툼한 클립보드만 들여다보고 있었다. 학생들의 인사에 목례로 답하면서도 그레고리는 쳐다보지 않았다.

점심시간에 그레고리는 애나, 베니, 알렉스와 함께 소음이 덜한 구석 자리인 자기들만의 지정석에 앉았다.

"1학년 스물아홉 명이 내 포스터에 서명했어!" 자리에 앉으며 그레고리가 어깨로 알렉스를 툭 쳤다. "서른 명으로 만들어줄래, 친구야?"

"친구야, 오해는 말아줘." 알렉스가 말했다. "난 서명 못 해. 난 기자고, 기자는 뉴스에 개입하면 안 되거든."

"넌 숙제 따윈 별거 아니라 이거지? 좋아, 너 원하는 대로 해."

"난 뉴스로 네 목소리가 분명히 들리게 해주고 싶을 뿐이야, 알잖아?"

"야, 알아들었어."

그레고리는 점심을 먹기 시작했다. 막 한 숟갈 먹으려는데, 짧은 머리에 키가 작고 조용해 보이는, 처음 보는 2학년 학생이 테이블로 다가왔다.

"쉬는 시간에 네 포스터 얘길 들었어. 서명해도 될까?"

"물론이죠."

그레고리는 의자 뒤에 기대뒀던 포스터를 집어 들고 휙 돌려서 테이블 위에 올려놓았다. 애나가 매직펜 몇 개를 꺼내줬다.

"맘에 드는 색깔을 골라요." 애나가 말했다.

"2학년이 서명하는 건 형이 처음이야."

그러자 순간 2학년 학생의 눈에 두려운 기색이 스쳤다. 서명을 유도하기엔 적절한 대사가 아니라는 걸 그레고리는 깨달았다. 그래서 용기를 주려고 이렇게 덧붙였다.

"하지만 형이 마지막은 아닐 거야."

2학년 학생이 초록색을 골라 자기 이름을 썼다.

"나도 내 목소리가 들리길 원해."

그렇게 말하고 그 학생은 자리를 떴다.

점심시간 내내, 보통 때는 아무도 찾지 않던 테이블로 아이들이 꾸준히 찾아왔다. 어떤 아이들은 말 없이 서명만 했고, 어떤 아이들은 격려해줬다. 그리고 이런 아이도 있었다.

"나도 서명해야지." 덩치 크고 시끄러운 2학년 학생 오토 마틴스였다. "몇 년째 난 숙제를 한 적이 없어."

"그건 엄밀히 말해 파업이 아냐, 오토 형." 알레스가 말했다. "그냥 숙제를 안 한 거지."

"야, 그게 그거지!" 오토가 말했다. "여럿이니까 이제 안전해졌어."

점심시간이 끝나자 포스터에 받은 서명은 쉰두 개가 됐고, 빈 공간이 확 줄어들었다.

"그러게 두루마리처럼 만들자니깐." 애나가 말했다.

"맨 아래에 보드를 하나 더 붙이면 어때?" 베니가 제안했다.

"옆으로 붙이는 게 좋겠어." 그레고리가 말했다. "그게 진열하기 더 쉬울 거야. 스포츠 경기장 배너처럼 말이야."

"친구야." 알렉스가 하이파이브를 하며 말했다. "넌 곰들의 자긍심이야."

학교가 끝나자 숙제 멤버들은 다들 기분이 잔뜩 들떠서 베니네 집으로 향했다. 이제 여든두 명의 서명을 받은 막강한 포스터를 들고 가면서, 그레고리는 이따금 의기양양하게 포스터를 하늘 높이 쳐들었다. '#숙제 파업' 포스터와 '정의의 여신' 포스터는 애나가 조심조심 들고 갔고, 베니가 남은 받침대를 들고 갔다. 알렉스는 종종 멈춰 서서 사진을 찍었다.

"네가 해냈어, 그레고리." 애나가 말했다. "새로운 변화를 일궈낸 거야."

"많은 사람들이 자기 목소리가 들리길 원해." 그레고리가 말했다. "많은 사람들이."

"그래, 맞아." 베니도 동의했다. "그런데 그냥 좀 확신이 안 가는 게 있어서."

"그게 뭔데?"

잘 들으려고 그레고리는 몸을 돌려 뒤로 걸었다.

"여기서, 정확히 어떤 과정으로 우리 목소리가 진짜 들리는 단계까지 가는 거야?" 그렇게 말하고 베니가 얼른 덧붙였다. "얕잡아보고 하는 말은 아냐."

"더 많은 학생들이 서명하면 우리 말을 들어줄 수밖에 없게 될 거야. 규모가 더 커지면 시의회에 가서 말할 수도 있겠지. 하지만 우선, 학교에서 우리 얘길 들어줄 만큼 학생들이 모여야 돼."

"그러니까 정확히 그게 어떤 건데?" 베니가 다시 물었다. "그냥 알고 싶어서."

“글쎄, 학교가 문제를 인정해줄 때까지 계속 말해야지.” 이렇게 말하고 그레고리는 빙 돌아 앞을 보고 걸었다. “뭔가 일이 터질 때까지 계속해야 돼.”

“학교 공청회가 딱인데.” 알렉스가 말했다. “부모님들이 오시고, 선생님들도 계시니까.”

“항상 평일 밤에 열리고, 지루한 교육 문제만 논의되잖아.” 베니가 말했다. “거기서 발언한 학생은 하나도 없었어.”

“그러니까, 우리도 발언하겠다고 하는 거야.” 그레고리가 말했다. “바로 허락해주진 않겠지만, 허락해줄 수밖에 없게 만들어야지.”

“그런다고 우리 말을 들어줄 사람이 있겠어?” 베니가 물었다. “물론 나도 정말 내 목소리가 들리길 원하지만….”

“진실은 반드시 통해. 특히 많은 사람이 단결하면.” 그레고리가 빙글 돌아서서 베니를 향해 말했다. “자, 서명받을 포스터를 더 크게 만드는 거 말고, 오늘 일정이 어떻게 돼?”

“숙제해야지.” 베니가 대답했다.

“내일 과학 시험이야.” 애나가 말했다. “월요일엔 수학 시험이고.”

“뱅스터 선생님 작문 숙제도 있잖아.” 베니가 덧붙였다. “그레고리 재스퍼튼 군 때문에 생긴 숙제.”

“어휴, 그거 난 못 끝낼 것 같아.” 애나가 말했다. “지금 막 현실을 받아들였어.”

"너희도 파업에 들어가." 그레고리가 진지하게 말했다. "불공평한 대우를 받으면 행동에 나서야지."

"아냐. 너나 그렇게 해." 애나가 말했다. "난 성적 유지할 방법을 찾아볼 거야."

네 친구들은 베니네 집 부엌에 다다르자 책가방과 짐을 옆으로 내던졌다. 모두 곧바로 식탁을 살펴봤다. 그런데….

"만두가 없잖아!" 알렉스가 우는소리를 했다.

"왜 그런지 알아보고 올게."

베니가 심호흡을 하고 부엌을 나갔다.

그레고리는 조심조심 서명받은 포스터를 테이블 위에 놓았다. 아주 멋져 보였다. 애나가 정의의 여신 포스터에 그린 그림보다도 멋져 보였다.

"몇 장 정도 찰 것 같아?" 애나가 물었다.

"다들 이렇게 큰 글씨로 서명할지 어떨지에 달렸지." 그레고리가 웃으며 말했다. "'내 목소리가 들리길 원한다' 부분을 좀 작게 하고, 학생들이 내 큰 글씨를 따라 크게 쓰지만 않으면, 한 장에 백 개는 받을 수 있어. 전교생이 450명 정도 되잖아, 그치? 그러니까, 최소한 포스터 하나는 충분히 더 채울 수 있을 거야."

그때 갑자기, 평소보다 높은 베니의 목소리가 들려왔다.

"그래도요, 엄마아아아아아…."

"저 소리 좀 불길한데?" 걱정이 된 애나가 말했다.

"만두는 물 건너간 거 같네." 알렉스가 말했다.

세 친구는 앞에 공책을 꺼내놓고 숙제할 준비를 했다. 1분도 안 돼, 베니가 얼굴이 빨개져 들어왔다.

"너희들, 지금 가줘야겠어." 베니가 말했다.

"뭐?" 애나가 물었다. "시험공부 해야지."

"가줘야 돼." 베니가 머리를 마구 흔들어대며 말했다. "미안해."

"하지만… 하지만…" 알렉스가 놀란 눈을 하고 징징댔다. "만두는???!!!!"

다들 어찌할 바를 몰라서 잠시 그대로 있었다.

마침내, 그레고리가 포스터를 집어 들었다.

"너희 부모님께 누가 전화드렸지, 그치?"

"아니." 베니가 대답했다. "전화는 아니고, 학교에서 오늘 아침 일로 메일이 왔대."

"오늘 아침 일? 그 메일에 뭐라고 쓰여 있었는데?"

베니가 슬프게 고개를 저었다.

"우리 엄마가 이 모임이 나한테 나쁜 영향을 준다고 생각하게 만들었단 것 말고는 몰라."

"숙제 클럽이 나쁜 영향을 준다고?" 애나가 따지듯이 말했다. "너희 셋 아니었음, 올해 난 여기까지 오지도 못했을 거야!"

"부모님 생각은 부모님 생각이고, 난 그렇게 생각하지 않아. 하지만 지금은 가달라고 할 수밖에 없어. 제발…."

베니는 울기 직전이었다.

애나, 그레고리, 알렉스는 오후의 햇볕을 받으며 말없이 걸었다. 수학 책과 생각의 무게에 짓눌려 느릿느릿 걸었다.

오랜 침묵 끝에, 애나가 먼저 입을 열었다.

"말도 안 돼."

"친구야, 네 잘못 아냐." 알렉스가 그레고리한테 말했다. "너도 알지, 그치?"

그레고리는 고개를 끄덕였다.

"난 아직도 기분이 끔찍해. 너희 부모님들도 그 메일을 받으셨을 거 아냐. 무슨 내용인지 모르겠지만."

"우리 부모님은 자랑스러워하실걸." 애나가 말했다. "특히 내가 지각을 한 번도 안 했단 걸 아시면."

"그리고, 난 걱정할 일 하나도 안 했어." 알렉스가 말했다.

"그런 일은 베니도 안 한 것 같은데…." 그레고리가 힘없이 말했다.

침묵이 다시 이어졌고, 세 친구는 길가까지 천천히 걸어갔다. 모퉁이에 이르자, 셋은 걸음을 멈추고 서로를 바라봤다.

"우리 엄마가 오늘은 집에 계셔." 그레고리가 말했다. "우리 집에 가서 공부해도 돼. 만두는 없지만."

"만두." 알렉스가 슬프게 말했다. "불쌍한 베니."

삼총사는 마을을 가로질러 길 옆의 공터 가운데로 잘 다져진 지름길을 따라 걸어갔다. 10분 거리밖에 안 되지만, 오늘따라 이 길이 그레고리에겐 평소보다 길게 느껴졌다. 부모님이 메일에 어떤 반응을 보일지 걱정됐고, 그 메일에 대체 뭐라고 쓰여 있는지 정말로 궁금했다.

그레고리가 아는 한, 오늘 아침 불법적인 행동은 하나도 없었다. 학교에 지장을 준 것도 아니고, 선생님들이 언짢아했다거나 지각한 학생이 있다는 얘기도 전혀 없었다. 그레고리 짐작으론, 그 메일로 베니 부모님이 다른 탐탁지 않은 일을 알게 되신 게 아닌가 싶었다. 베니는 늘 부모님이 무지 엄격하다고 말하곤 했으니까. 그게 무슨 일이든, 그레고리는 자기 부모님까지 언짢게 만들진 않았기를 빌었다.

집에 도착하자, 그레고리는 엄마와 마주치지 않았으면 하는 마음에 재빨리 "다녀왔습니다!" 하고 외치며 친구들을 곧장 부엌으로 들여보냈다. 하지만 소용없었다. 잠시 후, 엄마가 과일 접시를 두 개 들고 들어왔다.

"바로 집으로 올 줄은 몰랐네." 엄마가 간식을 내려놓으며 말했다. "베니네 집에 간 줄 알았는데."

"일이 그렇게 됐어요."

"오늘 힘든 일이 많았나 보구나."

"메일에 뭐라고 쓰여 있었어요? 혼날 거면 빨리 혼나게요."

"맥켈란 교장선생님이 일일 학습에 학생들이 지장 받지 않길 바란다고 우려를 표하셨어. 중요한 시험 기간이 곧 다가오니, 학업에 최선을 다해야 한다… 뭐 그런 내용이었어."

"그게 다예요?"

"전 지장 안 받아요, 아주머니." 애나가 말했다.

"엄마, 저흰 오늘 시험공부 하려고 모인 거예요. 지장을 받는다고요?" 그레고리는 짜증이 났다. "다 가짜예요."

"겁주려는 방식 같더구나." 엄마가 말했다. "너한테 경고하는 거기도 하고."

"경고요?"

"교장선생님에겐 어떤 보이지 않는 선이 있는데 네가 그 선을 넘었고, 그래서 더 이상 밀고 들어오지 말라고 너한테 경고하는 거지." 엄마가 살짝 미소 짓더니 속삭이듯 말했다. "내 생각엔 좀 약했어."

마음이 놓여서 그레고리는 웃었다.

"학습에 지장을 받는다고?" 잠시 후, 엄마가 나가자 그레고리가 속삭였다. "우린 아무 짓도 안 했다구!"

"교장선생님이 먼저 공격한 거지!" 알렉스가 맞장구쳤다.

"우리 이제 공부 좀 하면 안 될까?" 애나가 조금 큰 소리로 속삭였다.

친구들은 공부에 집중하려 했지만, 잠시 후 들려온 초인종 소리에 주의가 흐트러졌다.

"교장선생님이 가정방문 오신 거야. 분명해." 알렉스가 씩 웃으며 말했다.

그레고리 엄마가 현관에서 어떤 사람과 이야기하는 소리가 희미하게 들려왔다. 잠시 후 문이 닫히더니, 두 사람의 발소리가 복도에 울려 퍼졌다.

이윽고 엄마를 따라 학구적인 분위기의 20대 여자가 들어왔다.

"그레고리." 엄마가 말했다. "이분은 리즈 매그루더라는 분이야. 〈뉴스 리더〉의 기자셔."

〈뉴스 리더〉는 이 지역에서 발행되는 일간지였다. 다 아는 내용밖에 없다고 투덜거리면서도, 모두가 이 일간지를 읽고 있었다.

"만나서 반가워, 그레고리." 기자가 말했다. "숙제 파업 중이라고 들었는데, 그에 관해 너랑 얘기 좀 했으면 해서."

그레고리는 애나, 알렉스와 재빨리 시선을 교환했다.

"제가 그 얘기를 퍼트린 장본인이에요, 리즈 기자님." 알렉스가 일어나 악수를 청하며 말했다. "〈모리스 뉴스〉 기자, 알렉스 델로사입니다."

"네 걸작을 나도 한 부 갖고 있어." 리즈 기자가 알렉스의 손을 꼭 잡고 악수하며 말했다.

"엄마는 어떻게 생각하세요?" 그레고리가 물었다.

"내 생각엔," 엄마가 부드럽게 말했다. "이미 뉴스거리가 됐고, 네가 인터뷰를 하든 안 하든 기자님은 기사를 쓰실 것 같구나."

"아."

"좀 걱정되긴 하지만, 네 얘기가 너 말고 다른 사람에게서 나오는 것도 탐탁진 않아." 엄마가 그레고리의 눈을 들여다봤다. "그래서 네 선택에 맡기고 싶구나."

리즈 기자는 자리에서 일어나 공책에 펜을 대고, 오케이 사인을 기다리고 있었다. 그레고리는 걱정과 흥분이 뒤섞인 엄마의 얼굴을, 그리고 친구들을 둘러봤다.

그레고리는 자기가 뭘 해야 할지 알 것 같았다.

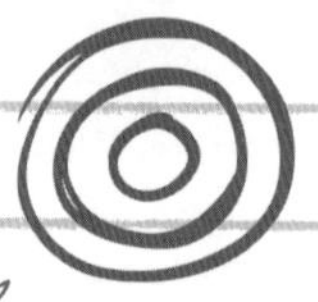

여기 점점 커지는 스트레스가 있네,

모두가 언급하길 꺼리는.

내가 원인이라는 말은

그러니까 이 긴장감이

모두 나 때문이란 건가?

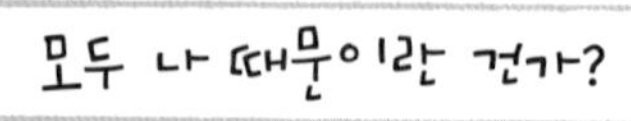

알렉스가 그레고리한테 알려준 바에 의하면, 신문업계에서 기사가 1면 맨 위에 실린다는 건 '1면 톱기사'라는 뜻이었다. 일명 황금 노른자 자리인데, 다음 날 아침 〈뉴스 리더〉의 바로 그 자리에 그레고리와 숙제 파업 기사가 실렸다. 그레고리가 피켓을 들고 있는 사진도 알렉스 덕분에 실렸다.

하지만 그날 아침 일어났을 때, 그레고리는 자기가 신문에 실렸다는 사실을 전혀 몰랐다. 그저 과학 필기한 걸 복습해야겠다는 생각뿐이었다. 파업으로 성적의 20퍼센트가 깎일 테니, 할 수 있을 때 A를 받아놓아야 했다. 과학 시험을 앞두고 그레고리는 그 어느 때보다 많은 공부를 했고, 아빠가 〈뉴스 리더〉를 들고 부엌에 들어왔을 때도 열심히 공책을 들여다보고 있었다.

아빠는 신문을 그레고리한테 툭 던져주고는 아무 말 없이 자리에 앉아 커피만 홀짝였다. 그레고리는 과학 공부 하느라 애써 신문을 무시하면서 관심 없는 척하려 했지만, 결국 호기심에 지고 말았다. 그레고리는 신문을 읽고 또 읽었다.

"어떠셨어요, 아빠?"

"엄마 말로는, 네가 한 말이 정확히 인용됐다고 하더라."

아빠가 눈썹을 찌푸리자 이마에 깊은 주름이 졌다.

그레고리는 큰 소리로 신문을 읽었다.

"'숙제가 그렇게 나쁜 건 아닐지 몰라요.' 그레고리 재스퍼튼 군은 말했다. '하지만 숙제가 많아도 너무 많아요. 그걸 줄여달란 말은 아무도 들어주지 않아요. 부모님은 원래 그런 거라고만 하시고, 선생님들은 학생들에게 숙제를 내줘야만 긍정적인 평가를 받아요. 저희를 보호해주던 유일한 법도 폐지됐고요.' 제가 한 말 그대로네요."

커피 잔을 테이블에 내려놓고 아빠가 관자놀이를 문질렀다.

"전부 옳은 말이긴 하다만, 네가 그런 말을 왜 하고 다니는지 난 정말 모르겠다."

"아빠는 학교 다닐 때 하루 세 시간씩 숙제를 하셨어요?"

그레고리는 공책을 내려놓고 아빠의 표정을 살폈다.

"그런 것 같진 않아. 기억이 안 나. 하지만 숙제는 했어." 아빠가 커피를 한 모금 마신 뒤 말을 이었다. "네가 생각하는 것이 바뀔지는 모르겠구나."

그때 오웬이 시리얼이 수북이 담긴 그릇을 들고 부엌으로 들어오며 말했다.

"그레고리랑 생각이 뭐 어떻다고요?"

"네 동생이 유명해졌다." 아빠가 신문을 가리키며 말했다.

그레고리는 의기양양하게 사진과 헤드라인을 형한테 보여줬다.

그레고리는 오웬의 동생이란 사실을 수도 없이 증오했다. 무엇보다 오웬의 성적은 그레고리가 절대 따라갈 수 없는 수준이었다. 오웬이 이루지 못한 걸 한다는 건 그레고리한테 너무나도 어려운 일이었다. 그레고리가 운동선수라면 모를까…. 하지만 그레고리는 운동선수가 아니었다. 그레고리는 글을 썼고, 학교 공부가 너무나 힘겨웠다. 하지만 이번 일은? 오웬이 신문에 난 적은 있지만 1면은 아니었다.

"눈이 악마 같은 게 맘에 드네." 오웬이 사진을 힐끔 보더니 말했다.

그레고리는 정말 그렇게 보이나 싶어 형 몰래 재빨리 사진을 확인했다.

"오웬 네 생각을 듣고 싶구나." 아빠가 말했다. "이 숙제 문제 말이다."

"숙제는 숙제죠." 오웬이 그릇을 식탁에 내려놓으며 어깨를 으쓱했다. "숙제가 어려운 일도 아니고요."

그레고리가 바로 끼어들었다.

"난 지금 숙제가 어려운지 아닌지 그런 얘기를 하는 게 아니야. 숙제가 공부가 되는가를 얘기하는 것도 아니고."

"숙제가 공부가 된다고? 누가 그래?" 오웬이 시리얼을 입에 가득 물고 말했다.

"그럼 왜 하는 건데? 숙제 말고도 할 일이 얼마나 많은데, 왜 학생들에게 보다 효과적인 해결책을 제시하지 않는 거지?"

오웬이 슬프다는 듯 고개를 저었다.

"아직 넌 아이들 말을 누가 들어줄 거라고 생각하는구나, 안 그래? 스스로 규칙을 정할 수 있는 열여덟 살이 될 때까지 기다려. 그전엔 주어진 일이나 열심히 하고, 짬이 나면 자기가 소질 있는 걸 하면 되는 거야. 수학 같은 거. 아, 그건 내 얘기고. 네가 잘하는 건… 가만있자… 글쎄다… 어… 파이 먹기?"

"너무 비관적으로 말하는구나." 아빠가 오웬한테 말했다. "자기 의견을 피력하는 건 나이와는 아무 상관이 없어. 너희 엄마를 보고 배운 거지. 아빠는 다만 그레고리 네가 모두를 존중하고, 계획을 세워 일을 진행하면 좋겠구나."

그레고리는 아빠의 호의적인 반응에 마음이 놓였다.

"너, 계획은 있는 거지?" 아빠가 물었다.

"물론 있죠!"

"아빠도 좀 알면 안 될까?"

오웬이 먹던 그릇을 들고 부엌에서 나갔고, 그레고리는 얌전히 과학 공책을 폈다.

"괜찮으시면, 나중에 말씀드릴게요. 공부해야 돼서요."

아빠가 신문을 탁탁 두드리고는 자리에서 일어났다.

"악마같이 나오진 않았는데. 내 눈엔 누구 닮아 잘생겼구만."

그리고는 그레고리 옆을 지나가며 머리칼을 헝클어트렸다.

"아빠아아아~"

그레고리는 엄살을 부렸지만, 일이 제법 잘 풀린다는 생각에 기분이 좋았다.

학교로 가는 언덕을 오르면서 알렉스는 귀에 입이 걸려 있었다.

"우리 지역에서 발행되는 신문에 실린 내 첫 작품이야, 친구야. 물론 사진 한 장일 뿐이지만. 너도 알지? 네 얘기는 내가 최초로 보도한 거."

"너한테 난 그냥 뉴스구나, 그치?" 그레고리는 피식 웃었다.

알렉스가 앞서서 성큼성큼 언덕을 올랐다. 그레고리는 서둘러 뒤를 따라갔다.

저 위로 학교 건물이 보이기 시작했다. 그런데 평소와 달리, 텔레비전 방송국 로고가 붙은 승합차 여러 대와 카메라를 든 사람들과 기자들이 중앙 계단 맨 아래에 모여 있었다.

"저기 교장실에서 내다보는 사람, 맥켈란 교장선생님 아냐?"

모여든 사람들 너머로 멀찍이 보이는 창문을 가리키며 알렉스가 물었다.

그레고리는 자기 눈을 믿을 수가 없어 관자놀이를 문질렀다. 인터뷰에 응하고 있는 반 친구들, 기자들 옆을 서둘러 지나가는 선생님들, 차에 탄 학부모들에게 마이크를 들이미는 기자들의 모습이 보였다.

"나, 집에 갈래."

"친구야, 네가 주인공이야!" 알렉스가 그레고리를 돌아봤다. "좋은 기회란 말이야!"

"저 사람들 왜 온 거야? 내가 무슨 말을 해야 돼?"

그레고리는 언덕 아래로 몇 걸음 내려가서 책가방을 바닥에 내려놓고는 불안하게 서성거렸다.

"나, 집에 갈래. 아니, 잠깐만. 가서 저 사람들한테 얘기를 해야겠지?"

"심호흡을 해, 그레고리. 심호흡." 그레고리 곁으로 다가오며 알렉스가 말했다. "무슨 말을 해야 하는지는 이미 잘 알잖아. 지금까지 계속 해온 얘기. 좀 기다렸다 가고 싶으면, 그래도 돼."

그레고리는 깊게 숨을 들이쉬었다. 그런 뒤 책가방을 집어 들었다.

"그래, 가자. 소신을 말하는 사람이 없으면 변화는 결코 오지 않아."

그레고리는 성큼성큼 학교를 향해 걸어갔다. 알렉스가 주먹을 들어 올리는 세리머니를 해 보이고는 그레고리의 뒤를 따랐다.

주위에 수백 명의 학생들이 있는데도 누군가 금방 그레고리를 알아봤다. 순식간에 10여 명의 기자들과 카메라맨들이 앞다퉈 그레고리를 에워쌌다.

"정말 제가 걸어가는 걸 찍으시는 거예요?"

그레고리가 카메라맨에게 물었지만, 대답해주는 사람은 아무도 없었다. 다음 몇 분 동안, 쉴 새 없이 외쳐대는 질문과 그에 대한 짧은 답변이 오갔다.

"네. 수업은 전부 듣고 있어요. 유급은 안 할 거예요."

"아니요. 선생님들이 저를 미워할 것 같진 않아요. 저는 선생님들이 좋아요."

"맞아요. 숙제를 하나도 안 했어요. 그래도 하늘이 무너지진 않더라고요. 시험 성적은 안 떨어졌어요. 전체 평점이 떨어졌죠."

"아니요. 그건 제 형이에요. 저는 시에서 주최한 수학 경시대회에서 우승한 적 없어요."

결국 그레고리는 기자들과 학교 앞의 두 계단 위에, 학생들은 아래쪽에 흩어져 있게 되었다. 알렉스는 계단 위쪽에서 사진을 찍고 있었다.

드디어 그레고리가 고대하던 질문이 나왔다. 파업으로 무엇을 성취하길 바라는가?

"이건 저희 인생인데, 저희한테 허용되는 걸 판단하는 과정에 저희 의견은 반영되지 않아요. 그게 달라지길 바라는 거예요. 저희를 보호해줄 법이 필요하다면, 그 법을 원해요."

그레고리는 거침없이 말을 이어갔다.

"법 없이도 그 판단 과정에 참여할 수 있다면, 그것도 좋아요. 어리지만, 저희도 그 대화에 참여해야 한다고 생각해요. 학교 공청회가 곧 개최되는데 저희도 거기 참석해 의견을 내야 한다고 생각해요. 아니면 곧장 시의회로 가는 거죠 뭐!"

그때 모여 있는 사람들 사이에서 낮은 목소리가 들려왔다.

"잘되길 비네, 그레고리 재스퍼튼 군. 잘하면 학교 공청회에서 만날 수도 있겠구만."

그레고리는 단번에 목소리의 주인공이 뱅스터 선생님이라는 걸 알았다.

"허나 지금은 교실로 가야 하니, 사람들을 해산시켜주겠나?"

뱅스터 선생님에겐 존경심을 불러일으키는 아우라가 있었고, 모여 있던 학생들과 기자들은 선생님이 지나가도록 길을 터줬다.

뱅스터 선생님이 발을 끌며 계단을 올라오더니 그레고리 옆에 멈춰 섰다.

"만난 김에 자네 성적이 어떻게 될 건지도 좀 알려주겠네, 그레고리 군."

뱅스터 선생님이 성적부를 재킷 안에서 꺼냈다. 카메라들이 일제히 두 사람을 향했다.

선생님이 성적부를 펼치자, 그레고리는 크게 숨을 들이마셨다. 그런 뒤 조심스럽게 성적부를 봤다.

"우리가 취하는 행동, 취하지 않는 행동엔 전부 결과가 따르네." 선생님이 성적부를 덮으며 말했다. "자네가 그걸 분명히 알았으면 하네."

한 기자가 외쳤다. "진급은 할 수 있나요?"

"그건 그레고리, 부모님, 학교와 나 사이의 일입니다." 선생님이 사납게 말했다. "그리고 이건 한 학생의 성적에 관한 이야기가 아닙니다. 댁들이 멋대로 왜곡하지 않는 한 말입니다."

그렇게 말한 뒤, 뱅스터 선생님은 뒤도 돌아보지 않고 계단을 올라갔다. 모두의 눈이 선생님을 향했고, 선생님이 학교 건물로 들어가고 나서야 다시 그레고리한테 관심이 돌아왔다.

"그래서," 다른 기자가 물었다. "진급하게 될지 학생이 알려줄 건가요?"

"아니요." 그레고리는 잠시 뜸을 들였다가 말했다. "제가 정말 열심히 공부하고 있다는 것, 그리고 전 과목에서 진급하기 위해 뭐든 하겠다고 부모님과 약속했다는 것만 말씀드리고 싶어요. 됐죠? 저는 단지 제 목소리가 들리길 원하는 것뿐이에요."

"숙제는 학생의 본분 아닌가요?" 다른 기자가 물었다.

그레고리는 씩 웃었다.

"숙제한다고 돈을 받는 건 아니에요. 게다가 발언권도 없고요. 공정하지 않은 일이라고 생각해요. 임금도 없고, 발언권도 없다? 그런 법은 없죠."

기자들 뒤로 모여 있는 학생들을 바라보며, 그레고리는 다시 말했다.

"발언권이 없다? 그런 법은 없다!"

도발해주길 기다리고 있었다는 듯 학생들이 일제히 응했다.

"발언권이 없다? 그런 법은 없다!"

TV 카메라가 휙 돌아서 그 장면을 찍었고, 학생 수백 명의 목소리는 점점 더 높아졌다. 한번, 두 번, 세 번….

그때, 수업 준비종이 울렸다. 지각으로 기록되는 시각까지 몇 분도 남지 않았기 때문에, 학생들은 순식간에 밀치고 달리고 노래하며 학교로 쏟아져 들어갔다.

그레고리가 가만히 서서 그 광경을 보고 있는데, 옆에서 알렉스와 애나가 그레고리를 살짝 밀었다.

"좋았어, 그레고리." 애나가 말했다. "하지만 교장선생님이 널 문제 삼을 구실은 만들지 말자."

"그러기엔 좀 늦은 것 같은데."

"더 머무적거릴 여유가 없다구, 친구야." 알렉스가 재촉했다.

학교로 들어서자, 그레고리는 마지막으로 아래쪽 모습을 보기 위해 뒤돌아섰다. TV 카메라들은 여전히 교문과 그레고리를 향하고 있었다. 자기가 벌인 일로 기자들이 이렇게 몰려오다니, 그레고리는 기분 최고였다.

"뱅스터 선생님이 뭘 보여주신 거야?" 알렉스가 물었다. "성적을 보여준다고 하기엔 선생님이 페이지를 너무 많이 넘기시던데."

"내가 오늘 수업에 늦지 않게 오면 추가 2점을 받을 거란 메모를 보여주셨어."

"뭐?" 알렉스가 믿기지 않는다는 듯 물었다.

"나도 영문을 모르겠어. 어쨌든 난 그 점수가 필요해!"

그렇게 말하고, 그레고리는 친구들을 위층 계단으로 잡아끌었다.

세 친구는 30초를 남기고 역사 교실에 도착했다.

그리고 23초가 남았을 때, 맥켈란 교장선생님이 교실에 나타났다.

아아, 난 수업 중이야.
시간이 흐를 생각을 안 해.
오, 안 돼.
시간이 이리도 느리게 흘러간 적은 없었어.
드디어 종이 울려!
하지만 아아, 또 다른 수업.
시간이 또 안 가네.

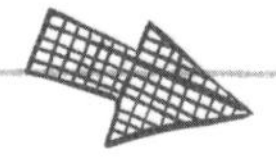

"아아, 맥켈란 교장선생님." 뱅스터 선생님이 교실 앞쪽에서 말했다. "오늘, 수업 참관 초대에 응해주셔서 정말 기쁩니다."

"잠깐 동안, 제 시간에 온 사람은 저밖에 없나 보다 했습니다."

맥켈란 교장선생님이 말했다.

그레고리는 맥켈란 교장선생님의 얼굴에 분노나 장난기, 또는 다른 감정이 드러나는지 살펴봤다. 보이는 거라곤… 아무것도 없었다.

"보시다시피, 제 학생들은 시간 엄수의 중요성을 알고 있습니다." 뱅스터 선생님이 눈을 반짝이며 말했다. "제 학생들은 숙제의 중요성 또한 잘 알고 있습니다. 바로 그 주제에 대한 작문 숙제를 얼마나 많이 제출했는지 보면 말입니다. 교장선생님과도 공유하게 돼 기쁩니다."

교장선생님이 뱅스터 선생님이 권한 맨 앞자리 의자에 앉기 위해 교실을 가로질러 갔다.

"요즘 수업 참관을 충분히 못 하고 있던 참인데 잘됐군요. 게다가 숙제는 제가 토론하기 좋아하는 주제죠."

그레고리는 초조한 나머지 몸을 꼼지락거리며, 교장선생님과 눈이 마주치지 않도록 조심하며 교실 안을 둘러봤다. 아니나 다를까, 다른 학생들도 불안하게 몸을 꼼지락거리고 있었다.

그때 엘레나 토드가 손을 들었다.

"저희 작문 숙제를 교장선생님과 공유하시는 건 아니죠?"

"자네 말은, 자네 목소리가 들리길 바라지 않는단 건가?" 뱅스터 선생님이 되물었다.

"아뇨. 제가 드리려던 말씀은… 그 숙제는 선생님만 보실 거라고 생각했거든요."

엘레나의 목소리가 점점 기어들어갔다.

"물론이지. 누락된 쉼표, 엉성한 문장 구조나 특이한 단어 선택 등은 우리만 아는 걸로 하자. 우수한 구문 전환, 논리 정연한 의견 전개, 완벽하게 쓰인 문장부호 역시 마찬가지다. 이번 대화 시간에 원하는 건 뭐든 말해도 되고, 위선자로 낙인찍힐 발언을 한다 해도 작문 점수에 반영하진 않을 거다."

자신과 교장선생님의 차를 한 잔씩 따른 뒤 선생님이 말을 이었다.

"모두 알다시피, 수업 참여도는 여러분 성적에서 큰 비중을 차지한다. 자… 오늘 대화를 시작해줄 사람 누구 없나? 숙제, 찬성인가 반대인가?"

"그건 너무 이원적이에요, 뱅스터 선생님." 애나가 망설임 없이 말했다.

"그레고리 재스퍼튼 군이 첫 번째로 말할 줄 알았네만! 하지만 어서 말해보게, 애나 양. 왜 그게 이원적이지?"

선생님은 차를 한 모금 마시고 대답을 기다렸다.

"어떤 숙제는 도움이 되니까 찬성일 거고, 어떤 숙제는 시간만 잡아먹으니 반대일 거예요. 그리고 숙제를 전부 합쳐서 보는 거랑 하나씩 놓고 보는 건 달라요."

애나가 말을 마쳤지만 교실은 조용하기만 했다.

"애들아, 무슨 말이라도 해줘, 제발."

하지만 다시 어색한 침묵이 교실을 휘감았고, 반 아이들은 뱅스터 선생님과 교장선생님을 번갈아 쳐다보기만 했다.

그렇게 한참이 지나자 결국 그레고리가 나섰다.

"저는 가끔 숙제가 펜섬이라는 생각이 들어요. 정말 펜섬으로 내주기도 하시나요?"

선생님이 잠시 그레고리를 무표정한 얼굴로 바라봤다. 그러더니 머리를 뒤로 젖히고 껄껄 웃었다.

"그래, 그래, 그건 사실이네, 그레고리 군. 한 방 먹었군."

다른 학생들, 심지어 맥켈란 교장선생님까지도 같이 웃고 싶은데 농담을 이해 못 한 사람처럼 어리둥절한 표정이었다.

"그레고리 군, 펜섬이 무슨 뜻인지 설명해주겠나? 명확한 예문과 함께, 그리고 이렇게 놀라운 단어를 어떻게 알게 됐는지도 말이야."

"펜섬(pensum)은 주로 벌로 내주는 숙제를 말합니다. 이를테면 숙제의 중요성에 대한 작문 숙제처럼요."

그레고리가 차분히 이렇게 말하자, 반 아이들이 일제히 숨을 죽이고 킥킥거렸다.

"펜섬이라는 단어는 시대별 숙제 관련 대화를 조사하다 우연히 발견했어요. 그래서 사전을 찾아 확인했죠."

선생님이 책상 가장자리에 앉아 차를 한 모금 홀짝였다.

"놀랍지 않습니까, 맥켈란 교장선생님?"

"네, 그런 것 같군요." 교장선생님도 동의했다.

"음, 알려드리고 싶은 게 있는데요. 이 단어를 찾은 건 파업에 관해 알아볼 때였어요. 하지만 그래서 파업에 들어간 건 아니에요."

그레고리가 한 마지막 말은 못 들은 척하고 선생님이 물었다.

"또, 숙제의 가치에 대해 말해볼 사람?"

다시 어색한 침묵이 흐르다 마침내 베니가 손을 들었다.

"어떤 숙제는 도움이 돼요. 어떤 건 왜 하는지 모르겠고요. 그런데 확실한 건, 두 시간 동안 숙제를 하고 나면 스트레스가 잔뜩 쌓인다는 거예요, 뱅스터 선생님. 제 생각엔 그건 가치 있는 일 같지 않아요."

"지금 고개를 끄덕이고 있는 엘레나 양?"

선생님이 이렇게 말하더니, 머그잔을 내려놓고 왔다 갔다 하기 시작했다.

"자네 생각은 어떤가?"

엘레나가 어깨를 움츠리고 무의식적으로 머리카락을 꼬는 게 그레고리 눈에 들어왔다. 그게 어떤 느낌인지 그레고리는 잘 알았다…. 하지만 엘레나가 이 상황에 어떻게 대처할지는 알 수 없었다.

"저, 뱅스터 선생님. 저는…" 엘레나가 뜸을 들였다가 불쑥 말했다. "숙제가 너무 많아요. 너무 웃기는 거죠."

엘레나가 이렇게 말하자, 아이들의 의견이 쓰나미처럼 쏟아져 나왔는데, 죄다 그레고리의 입장을 지지하는 의견이었다. 놀랄 일은 아니었다. 아무렴, 누가 정말 좋아서 숙제를 하겠어?

"숙제가 도움 된 적은 없어요." 보리스 매스터슨이 말했다. "초등학교 때 곱셈 연습 문제지를 몇 장이나 풀었는지 아세요? 그걸로 공부가 된 사람 있음 나와보라고 하세요."

"그것도 좋은 참고 자료가 되겠구만."

선생님이 재빨리 덧붙이자, 다른 의견들도 거침없이 쏟아졌다.

"숙제는 부모님 좋으라고 하는 거예요."

"저는 밴드도 그만둬야 했다고요!"

"저희 집은 과외 할 형편이 안 돼서, 다른 애들보다 시간이 훨씬 더 걸려요."

"성적에 반영되니까, 숙제가 다 아는 내용이어도 그냥 할 수밖에 없어요."

"밤을 꼴딱 새워야 했다고요!"

"선생님들이 숙제 내주는 이유는 자기들이 게을러서예요." 척 도리스가 말했다. "음, 가끔은 그렇다고요."

"그건 아니야." 그레고리가 참지 못하고 나섰다.

"어, 그래. 숙제 대왕님이 납셨네." 척이 빈정거렸다.

"봐봐, 그런 건 우리가 알 수 있는 문제가 아니잖아. 선생님 비난하는 건 도움이 안 돼. 선생님들은 우리가 공부 잘하길 바라시는 거잖아, 안 그래?" 그레고리가 반박했다.

"아니, 우린 그저 돈 때문에 학교에 나오는 거다." 뱅스터 선생님이 웃음을 터트리며 말했다. "궁금해지는군요, 교장선생님. 반 아이들을 위해 하실 말씀은 없으신지요."

"아이들의 의견을 잘 들었습니다." 교장선생님이 신중히 말했다. "하지만 저는 숙제에 가치가 있다고 봅니다."

"저도 마찬가지입니다." 뱅스터 선생님이 동의했다. "그에 관해, 한 말씀 간단히 해주시겠습니까?"

"뭐, 다 아는 얘기입니다. 배운 걸 복습하게 해주고, 학생들의 학업 성취도를 교사가 파악할 수 있게 해주지요. 성실히 공부하는 습관도 들여주고요. 이건 일부에 불과하지만요."

이렇게 말하고 교장선생님이 자리에서 일어났다.

그때 그레고리가 일어나서 말했다.

"존경하는 교장선생님. 하지만, 지금 하신 말씀에 대한 참고 자료가 있으신가요?"

순간 그레고리는 세상이 느리게 돌아가는 것 같았고, 세세한 것까지 전부 느낄 수 있었다. 학생들이 놀라 헉하고 숨을 들이마시는 소리가 들렸고, 뱅스터 선생님이 서성이던 중 살짝 발을 헛디디는 게 느껴졌다. 교장선생님의 얼굴이 분노로 이글거리는 것도 보였는데, 교장선생님이 얼른 억지 미소를 지었지만 눈까지 전달되기엔 약했다.

"뱅스터 선생님이 뭐라고 하셨더라? 이거 또 한 방 먹었군, 그레고리 재스퍼튼 군." 교장선생님이 문에 손을 뻗으며 말했다. "점심시간에 교장실로 오거라. 그때 얘기를 마저 하지꾸나."

딸깍 하고 문이 닫히는 소리가 교실에 울려 퍼졌다. 아니면 그레고리의 머릿속에서만 메아리친 건지도 모른다.

"뱅스터 선생님." 당황해서 어쩔 줄 모르며 그레고리가 말했다. "제가 완전히 망친 건가요?"

"참고 자료는 중요하네, 잘 알다시피. 질문에는 문제가 없었어. 이상적인 타이밍은 아니었네만. 하지만 사실, 오늘 자넨 어차피 교장실에 가야 했네."

"아."

그레고리는 자리에 털썩 주저앉았다.

"좋은 소식도 있지. 오늘 열띤 토론에 감사하는 뜻으로," 말을 멈추고 선생님이 화이트보드에 'No' 기호를 빨강 매직펜으로 크게 그렸다. “이번 주말엔 숙제를 내지 않겠다.”

기뻐하며 속삭이는 소리가 교실에 퍼졌다.

“하지만 숙제 안 하는 버릇이 들면 곤란해.”

선생님이 다시 그 기호를 힘차게 지웠지만, 그레고리는 신경 쓰지 않았다. 어차피 그레고리는 숙제를 하지 않을 거니까, 따지고 보면 면제된 것도 아니었다. 이 모든 상황이 자기 파업 때문에 벌어진 것이니, 그레고리 생각에 이건 아이러니가 아닐 수 없었다.

어쨌든 그레고리는 이런 상황을 바란 게 아니었다. 지금 그레고리가 원하는 건 바닥에 자기 방으로 데려다줄 터널 구멍이 뚫리는 것이었다.

원하는 걸 얻기는커녕, 그레고리는 종이 울릴 때까지 꼼짝없이 교실에 붙잡혀 있어야 했다.

“친구야, 괜찮을 거야.” 수업 끝나고 친구들과 아래층으로 내려가며 알렉스가 말했다.

“아니, 안 괜찮을 거야.” 그레고리가 말했다. “어떻게 괜찮을 수 있겠냐?”

“왜냐면 넌 잘못한 게 없으니까.” 애나가 뒤쪽 계단에서 말했다. “뱅스터 선생님도 그렇게 말씀하셨잖아.”

“하지만 뱅스터 선생님은 함정을 팠다구! 게다가 파업은 옳고 그름의 문제가 아냐. 권력의 문제지. 권력은 교장선생님한테 있고.”

그레고리는 3층 층계참을 치고 복도로 내려가 수학 교실로 향했다.

"내 생각엔, 그건 아닌 것 같아." 베니가 친구를 뒤따라오며 말했다.

"정말이야? 고작 교장선생님 이메일 때문에 우리 모임에도 못 오게 된 분이?"

그레고리의 말투는 상냥했지만, 말에는 분명히 뼈가 있었다.

"그건 공포지. 권력이 아니라." 베니가 복도 식수대 앞에서 멈췄다. "확실히 말해줄게. 난 그 차이를 알아. 두려워하지 마."

그레고리는 애나, 알렉스와 함께 계속 복도를 걸어갔다. 애나가 계속 무슨 말을 꺼내려다 이내 입술을 깨물었지만 두 소년은 보지 못했다. 그레고리는 바닥만 내려다봤고, 걸음은 점점 느려졌다. 책가방이 점점 무겁게 느껴져서 그레고리는 어깨를 바꿔 멨다… 세상의 무게가 그레고리를 짓누르고 있었다.

"교장선생님하곤 전에도 얘기한 적이 있었잖아. 달라진 건 아무것도 없었어." 알렉스가 말했다.

"신문 기사, 방송국 기자들, 내가 건방진 놈이 됐단 것만 빼고."

그레고리는 수학 교실 바깥벽에 몸을 기댔다.

"음, 듣고 보니 그건 그렇다…" 알렉스가 친구의 등을 툭 쳤다. "그래도 정말 괜찮을 거야. 내 말 믿어."

그레고리는 눈을 감고 생각해봤다. 모든 걸 고려할 때…

"그래. 어쩌면 그럴지도 모르지."

그레고리 곁에 애나만 남기고 복도로 내려가기 전, 알렉스가 과장된 동작으로 엄지를 쳐들었다.

"선생님이 함정 같은 걸 파신 건 아냐." 애나가 말했다. "뭘 하신 건진 모르겠지만."

"난 그렇게 느꼈어."

"그럴 분이 아니야." 애나가 다시 말했다. "네가 모르는 뭔가가 있을 거야."

"왜 선생님 편을 드는 거야? 숙제를 엄청 내줘서 눈이 핑핑 돌게 하는 분이잖아."

"그 숙제를 도와주신단 말이야. 선생님들 중 제일 많이." 애나가 잠시 멈췄다가 말을 이었다. "난 난독증이 있어. 읽기와 쓰기가 너무 힘들어. 뱅스터 선생님께 말씀드렸더니, 올해 읽어야 하는 자료를 전부 다 녹음해주셨어. 책에 딸린 테이프를 주실 때도 있고, 가끔은 선생님이 직접 녹음한 걸 USB에 넣어주셔. 나한텐 작문 숙제도 몇 개 빼주시고, 대신 선생님 앞에서 구두로 발표하게 해주셨어. 어려운 분인 건 맞는데, 너한테 함정을 파실 분은 아니야."

"그래서 선생님 상담 시간에 갔던 거구나. 네가 난독증이 있다는 건 전혀 몰랐어."

"그래. 음, 그걸 떠들고 다니진 않으니까." 애나의 목소리가 가벼워졌다. "난독증 때문에 읽고 쓰기가 엉망이라고 써 붙이고 다니는 것도 아니고."

"아니지. 엉망이라고 쓰여 있는 건 내 성적표지." 그레고리가 씩 웃었다. "고마워, 애나. 그러니까 내 말은… 네가 한 말, 생각해볼게."

"고맙긴. 나도 베니랑 같은 생각이야. 겁먹지 마. 교장선생님도 심하게 야단치진 않으실 거야. 자, 수업 들으러 가자."

수업 시간 내내, 점심시간, 그리고 교장선생님의 집무실에 가는 순간까지도, 그레고리는 상황이 그리 나빠지진 않으리라는 생각에 매달렸다.

교장실 문은 닫혀 있었다. 노크를 하자 교장선생님이 엷은 미소를 지으며 문을 열었다.

"아, 그레고리. 어서 들어오너라."

그레고리는 방에 발을 들여놓자마자, 사실은 걱정대로 상황이 나빠질 거라는 걸 깨달았다. 아니면 그보다 더 나빠지거나.

"엄마? 아빠? 여기서 뭐 하시는 거예요?"

원래 교장실이 넓은 편도 아닌 데다, 엄마와 아빠가 들어와 있으니 숨 쉴 공간조차 없어 보였다. 가족들은 서로를 보고 미소 지었지만… 기꺼운 미소는 아니었다.

"내가 부모님께 오시라고 전화드렸다. 모두 자리에 앉으실까요?"

의자 셋이 교장선생님 책상을 마주하고 있었고, 부모님은 각각 양쪽 끝 의자에 앉았다. 엄마와 아빠 사이에 앉으며 그레고리는 빨리 빠져나갈 방법은 없겠다고 생각했다.

"오늘 나눌 이야기가 많습니다." 교장선생님이 의자에 앉으며 말했다. "전부 그레고리가 벌이는, 소위 숙제 파업과 관련된 이야기란 건 모두 알고 계시겠죠."

그레고리는 의자의 팔걸이를 움켜잡으며 자기를 무시하는 듯한 교장선생님의 말에 대꾸하고 싶은 걸 겨우 참았다.

"오늘 아침 신문 보셨나요, 교장선생님?" 엄마가 말했다. "신문에 오웬 말고 그레고리가 나온 걸 보니 좋더라고요."

"네, 저도 봤습니다. 방송국 차도 봤고요."

"방송국 차요?" 아빠가 무덤덤하게 말했다. "그렇군요."

"그레고리가 벌이는 일 때문에 학교 학습에 큰 지장을 받고 있습니다. 학생들은 공부할 시간을 뺏기고 있고요." 교장선생님이 잠시 멈췄다가 말을 이었다. "그리고 몇몇 학생이 숙제 제출을 중단했습니다."

"정말요?" 그레고리가 참지 못하고 물었다.

"불행히도 그렇단다. 선생님들이 힘들어하고 있어. 오늘 방송국 차들이 몰려온 걸 보니, 이 문제에 시간과 관심을 더 들이게 될 것 같구나." 교장선생님이 숨을 깊게 들이마셨다. "네가 하는 파업이 친구들 교육에 영향을 주고 있다, 그레고리. 더 이상은 안 된다."

"저…."

그레고리가 말을 꺼내려 했지만, 교장선생님이 잘라버렸다.

"네 파업은 네 진급에도 영향을 주고 있어." 교장선생님이 책상 서랍에서 클립을 끼운 서류 뭉치를 꺼내, 그레고리 엄마한테 건넸다. "이 서류에서 보시다시피, 그레고리의 성적은 떨어지고 있습니다. 다음 학년으로 진급하기 어려울 정도로요."

그레고리 엄마가 받은 서류 뭉치를 들여다보며 혀를 찼다.

"교장선생님, 저희도 그레고리의 진급을 위해 노력하고 있다는 건 아시죠?"

"물론이죠."

"저희도 교장선생님과 학교 일에 그레고리가 지장을 드리지 않길 바랍니다. 하지만… 음… 그레고리가 무례하거나 불손하게 군 건 아니죠?"

그레고리 엄마가 서류를 다 보고 나서 남편한테 건넸다.

"유감스럽지만, 많은 선생님들이 불손하다고 느낍니다."

"하지만, 교장선생님." 그레고리가 또 참지 못하고 끼어들었다. "저는 선생님들에 대해 나쁜 말은 한 마디도 안 했는데요? 불평도 안 했어요. 저는 선생님들이 좋아요!"

"하지만 네 행동은 전혀 다른 느낌을 받게 하지. 그건 네 책임이야."

"선생님들 느낌이 제 책임이라고요?"

그레고리의 얼굴이 벌겋게 달아올랐다.

"그레고리." 엄마가 끼어들었다. "교장선생님, 달리 말씀드리면…."

"아녜요, 엄마. 이건 중요해요. 숙제를 하루 세 시간이나 해야 했어요. 선생님들이 그 숙제를 주신 거고요. 선생님들 행동으로 인해 제 행동이 나온 거였다고요!"

그레고리는 몸이 튀어 오르는 걸 막으려고 의자를 붙잡았다.

"저는 제 느낌을 표현하는 것뿐이에요. 다음 주에 열리는 학교 공청회에서 숙제 문제를 토론해봤으면 좋겠어요. 저희 학생들 얘기도 들어주셔야죠."

"네 반 친구들이 하는 말 오늘 너도 들었지? 네 행동 때문에 학생들이 더 무례하게 행동하고 있다. 그리고 그보다 더 중요한 건, 온통 C와 D 천지인 네 성적표가 F로 떨어질 지경이라는 거야. 그게 네가 정말 원하는 건 아니겠지?"

교장선생님이 그레고리를 침착하게 바라봤지만, 그레고리는 그 눈빛을 마주할 만큼 침착할 수가 없었다.

"성적이 아주 흥미롭네요." 그레고리 아빠가 조용히 말했다.

"아주 부족한 성적이지요." 교장선생님이 덧붙였다. "저도 보기 딱합니다."

"숫자들이 환상적이에요." 그레고리 아빠가 다시 말했다. "다른 각도로 보면 말이죠. 분명, 그레고리의 전체 성적은 파업으로 인해 떨어지고 있습니다."

"그렇고말고요. 물론입니다." 교장선생님이 맞장구쳤다.

"하지만 시험 성적을 자세히 보시면, 성적이 오르고 있어요. 수업 참여도 점수도 그렇고요."

그레고리 아빠가 교장선생님 책상에 서류 뭉치를 도로 갖다 놓더니 다른 몇 군데를 짚었다.

“사실, 성적에 시험 성적과 수업 참여도만 들어갔다면, 그레고리는 전 과목에서 A와 B만 받았을 겁니다.”

“네. 하지만 시험 성적과 수업 참여도가 다는 아닙니다.”

“하지만 왜 그래야 하죠?”

아빠가 이렇게 묻자, 그레고리의 입이 떡 벌어졌다.

“제 말은, 수업의 목표는 내용을 가르치는 거 아닌가요? 그리고 시험을 잘 본다는 건 내용을 안다는 뜻 아닌가요?”

“그, 그게, 그렇게 단순하지가 않습니다.” 교장선생님이 살짝 말을 더듬었다.

“하지만 단순한 일일 수도 있습니다. 그러면 안 될 이유를 모르겠군요.”

그렇게 말하고 그레고리 아빠가 교장선생님 어깨 너머 어딘가를 바라봤다. 그레고리는 아빠가 지금 머릿속으로 계산 중이라는 걸 알았다.

“철학을 논하자고 모인 건 아닙니다, 그레고리 아버님.” 교장선생님이 아주 느끼한 목소리로 말을 이었다. “제가 말씀드리고 싶은 건, 아드님이 대중의 시선을 벗어나 학업에 다시 열중하고 파업을 포기하면, 많은 이유에서 유익할 거라는 겁니다.”

그레고리가 참지 못하고 또다시 끼어들었다.

“무례하게 굴고 싶진 않지만, 말씀하신 그 이유를 저는 모르겠어요. 그냥 저를 그만두게 하시려는 것만 같아요."

그러자 교장선생님이 손바닥으로 책상을 내리쳤다. 하지만 여전히 교장선생님의 얼굴은 미소를 띠고 있었다.

"너희 부모님이 건전한 결정을 내리는 게 왜 중요한지 너한테 잘 설명해주셨으면 좋겠다. 네 성적을 위해서도, 학교를 위해서도, 너의 미래를 위해서도 말이야."

교장선생님이 일어섰고, 그레고리 가족은 교장선생님의 거구를 보고 뒤로 움찔했다.

"질문이 있으면 기꺼이 대답해주마." 교장선생님이 말을 이었다. "중요한 문제니까, 시간을 내겠다."

10분 뒤, 그레고리는 교장실을 나와서 복도를 서성거렸다. 그로부터 10분이 지나자 그레고리의 엄마와 아빠도 교장실에서 나왔고, 함께 밖으로 나가는 미로 같은 복도를 걸어갔다.

"네가 당장 파업을 중단하게 만들 만한 말이 없을까?" 아빠가 말했다.

"그레고리… 난…." 엄마는 딱히 할 말을 찾지 못하고 말끝을 흐렸다.

"저 안에서 보고 들으신 걸로, 제가 무조건 파업을 중단해야 한다는 생각이 드셨나요? 제가 당장 그만둬야 한다고요?"

그러자 아빠가 껄껄 웃었다.

"널 보니 옛날 네 엄마 생각이 나는구나."

"진급은 꼭 해야 해." 엄마가 아빠의 손을 잡으며 말했다.

"진급할 거예요!"

"좋아." 엄마가 조용히 말했다. "쉽진 않을 거야."

"알아요."

"그리고 절대로 지금 그만두면 안 돼." 엄마가 속삭였다. 그러고는 깊게 숨을 들이마시더니 누구 들으라는 듯이 꽤 큰 소리로 말했다. "난 네가 자랑스러워."

엄마가 그레고리의 손을 꼭 잡았고, 그레고리도 고마운 마음에 엄마의 손을 꽉 잡았다. 그레고리는 체제에 대항해 싸우고 있는 것일 수도 있었다… 하지만 부모님이 자기편인 건 분명 근사한 일이었다.

휘두르기만 하면 문제를 죄다 없애주는 마법 지팡이가 있다면 얼마나 좋을까. 하지만 부모님에게도, 그레고리에게도 마법 지팡이 같은 건 없었다.

시간이 흘러도 문제들은 사라지지 않았다. 그레고리에겐… 사실 문제가 매순간 더 심각해지는 것처럼 느껴졌다.

13

단체가 문제에 봉착하면, 단합해서 문제를 해결하라.
모든 문제를 혼자서 해결하려 들지 말라.
어떤 문제든, 일어나서 마주하라.
해결책을 찾으라, 뒤에 숨어 불평만 말고.
행동을 취했다면, 번복은 없다.
전진하라, 실수는 겸허히 받아들이면서.
역사를 공부하지 않으면 실수를 반복하고 만다.
힘들더라도 열심히 해야 한다. 속임수는 안 통한다.
꾀를 부려도 소용없다. 바른 길이 뭔지 이미 알고 있으니.
현재 상태는 변화시키지 않으면 달라지지 않으리.

그레고리와 친구들한테 학교에서 최고로 좋은 때는 수업 끝종이 울릴 때였는데, 오늘도 예외는 아니었다. 점심시간에 교장실에 다녀온 뒤로 그레고리는 계속 답답하고 억눌린 기분에 숨을 제대로 쉴 수가 없었다. 하지만 친구들과 함께 학교 건물을 빠져나가니, 따스한 햇볕과 신선한 공기에 답답한 마음이 씻겨 나갔다. 어깨가 펴지고 호흡도 서서히 평소 상태로 되돌아왔다.

"너희 부모님 진짜 멋지시다, 그치?" 정문 계단을 뛰어 내려가며 애나가 물었다.

"응, 굉장하셨어. 하지만 아직 끝난 건 아니야, 알지?" 그레고리가 말했다. "교장선생님은… 여전히 기분이 좋지 않으셔. 그건 다 나 때문이고."

"친구야, 그렇다고 널 퇴학시키진 못할걸." 알렉스가 끼어들었다. "그럴 것 같진 않아."

"그래. 하지만 우리 아빠가 계산을 해보셨는데, 수학하고 스페인어는 D 받을 것 같고 역사는 이대로라면 아마 낙제할 거래. 뭐가 달라지겠냐? 낙제를 피하긴 힘들 거야. 게다가 난 지쳤어."

"오늘 아침만 해도," 베니가 말했다. "넌 세상을 다 가진 듯 미소 짓던 TV 스타였다구."

"학교에서 하루 보냈을 뿐인데 모든 게 이렇게 달라지다니."

친구들이 왼쪽 길로 들어설 때, 오른쪽 길로 틀면서 베니가 말했다.

"주말 즐겁게 보내. 나쁜 영향을 주는 악마의 무리로부터 멀어질 시간이야."

세 친구는 멀어져가는 베니의 모습을 지켜봤다.

"넌 악마 같지 않아." 애나가 말했다.

"물론 아니지. 하지만 악마가 애한테서 나오지." 알렉스가 덧붙였다. "악마아아아아아아."

"야, 우리 집에 가서 내가 뉴스에 악마처럼 나오는 거 같이 볼래?" 그레고리가 물었다. "뉴스에 나온다면 말이야."

"난 가고 싶어." 애나가 말했다. "숙제도 안 가져갈 거야."

"악마." 그레고리는 피식 웃었다. "악마 같으니라고!"

특별한 날인만큼 그레고리 엄마는 요리를 하는 대신 피자를 주문하기로 했다. 온 가족이, 오웬까지도, 피자 상자를 들고 거실로 모여들었다. 애나와 알렉스는 그레고리와 함께 소파 앞 바닥에 앉았다.

TV에서는 지역 뉴스가 방송되고 있었고, 화면 안의 또 다른 작은 화면은 다른 채널을 보여주고 있었다.

"채널 5하고 채널 7, 둘 다 와 있었다고 했니?" 그레고리 엄마가 물었다.

"전부 다 와 있었어요." 알렉스가 말했다. "꼭 수학 경시대회 끝날 때 같았어요. 그때보다 더 흥미진진했지만요."

오웬이 어깨를 으쓱했다. "다 상대적인 거야."

"녹화하고 있어?"

그레고리 엄마가 묻자 아빠가 고개를 끄덕였다.

"물론 녹화하고 있지. 다른 채널들은 친구들한테 녹화해달라고 부탁해뒀고. 혹시 몰라서 말이야."

"뭐, 별일도 아닌데요." 그레고리가 말했다.

"그래, 맞는 말이야." 애나가 맞장구쳤다. "내가 여기 이사 온 뒤로 넌 매주 텔레비전에 나왔으니까."

"시 쓰는 리얼리티 쇼가 생기면 정말 재밌을 것 같은데." 케이가 손을 뻗어 그레고리 접시에서 피자 한 조각을 슬쩍 집어 가며 말했다. "시인이 완벽한 단어를 고르길 기다리는 그 드라마틱함이란…."

모두의 눈이 케이를 향했지만 동의하는 눈빛은 아니었다.

"다들 보는 눈이 없으시네." 케이가 훔쳐 간 피자 조각을 게걸스럽게 먹으며 말을 이었다. "보는 눈이 없어."

자기 뉴스를 초조히 기다리는 동안 그레고리는 뱃속에서 난리가 난 것 같았고, 숨 쉬는 데만 집중하기에도 벅찼다. 가족과 친구들이 서로 잡담을 나누는 도중 뉴스가 시작됐지만, 그레고리는 알아차리지 못했다. 오웬이 자기 흉을 봤다는 걸 알려주는 '못된 형 센서'가 울렸을 때도 전혀 모르고 있었다.

짧은 비명들이 터져 나왔고, 이어 다들 크게 쉿, 쉿 하는 소리가 거실을 채웠고, 드디어 채널 7 뉴스에서 그레고리의 이야기가 시작되었다.

화면에 모리스 중학교가 나왔고, 이어 계단 위에서 말하는 그레고리가 나왔다.

"이건 저희 인생인데, 저희한테 허용되는 걸 판단하는 과정에 저희 의견은 반영되지 않아요. 그게 달라지길 바라는 거예요. 저희를 보호해줄 법이 필요하다면, 그 법을 원해요."

그리고 그레고리를 지지하러 모여든 학생들이 나왔다.

"저예요!" 애나가 화면 속에서 외치고 있는 자기 모습을 보고 말했다.

알렉스가 둘 사이에 자리 잡고 앉은 케이 너머로 애나한테 하이파이브를 했다.

그레고리가 못 본 장면이 나왔는데, 맥켈란 교장선생님이 카메라의 눈부신 조명을 받으며 학교 트로피 진열장 앞에 침착하게 서 있었다.

"저희 학교에서 숙제는 학업의 일환이며, 학생들을 가르치기 위해 저희가 만든 다른 모든 교육 방안들처럼, 활용 방안에 대해서도 심혈을 기울여왔습니다. 학교에서 저희가 하는 모든 일은 학생들이 자신의 잠재력을 최대한 발휘하게 해주는 데 집중돼 있는데, 어쩌면 저나 여러분도, 그게 조금 힘겨울 수도 있긴 합니다. 하지만 그건 자연스러운 성장 과정의 일부이고… 어른이 되는 과정이기도 합니다."

마지막으로 기자가 카메라로 돌아왔고, 그 뒤로 학교 건물이 화면에 잡혔다.

"이곳 학생들 사이에는 엄청난 열기가 있습니다. 이름을 밝히지 않겠다는 한 학생은, 숙제가 부모님과의 관계, 선생님들과의 관계, 그리고 친구들과의 관계에서 가장 큰 스트레스를 주는 요인이라고 말했습니다. 숙제가 아니었다면 아무 문제가 없었을 거라는 것입니다. 학생들의 이런 태도에도 불구하고, 그레고리 재스퍼튼 군의 숙제 파업에 동참 중인 학생이 또 있는지는 알려지지 않았습니다. 위험 요소가 여전히 너무 큰 것으로 보입니다. 하지만 그레고리 군이 오늘 말했듯이, 진짜로 배우는 게 학업의 진짜 목표가 아닐까요? 가끔은, 그런 것 같지만은 않습니다."

박수갈채가 터져 나왔고, 오웬마저 가볍게 박수를 보냈다.

"완전 멋져!" 애나가 그레고리한테 하이파이브를 했다.

"나름 괜찮았네."

그레고리는 이렇게 말했지만, 나름 괜찮다는 것치곤 너무 환히 웃는 얼굴이었다.

"아무도 동참 안 했어?" 오웬이 물었다. "내 동생을 따르는 학생이 하나도 없단 말이야?"

"그만해, 오웬 오빠." 케이가 끼어들었다. 그렇게 할 수 있는 사람은 케이뿐이었다. "이제 달라질 거야."

그레고리 엄마가 먹고 난 피자 접시를 거둬들이기 시작했다. 아빠가 돕기 위해 일어났다.

"그레고리, 궁금한 게 있는데," 잔을 치우며 아빠가 물었다. "사람들한테 직접 너랑 함께 파업하자고 말한 게 언제였니? 목소리가 들리길 원한다는 거 말고, 정말 파업하자고 말이야."

"어, 그건…" 그레고리는 짜증이 났다. "그러니까, 어…."

"응?"

아빠가 미소를 짓고 있다는 건 목소리에도 드러났다.

"좀 됐어요."

"그 메시지를 강조해, 그레고리." 엄마가 말했다. "같이 파업하자고 외치는 거야."

"맞아. 바로 그거야, 친구야!" 의자에 앉아 다리를 쭉 뻗으며 알렉스가 말했다.

"내 성적으로 파업은 감당 안 돼." 애나가 어깨를 으쓱했다. "파업이 몇 달이고 계속될 수 있잖아."

"그럼 일주일 정도의 파업은 감당이 돼?" 그레고리가 물었다.

"음, 숙제가 성적의 20퍼센트고, 일주일 숙제를 빼먹는다면…."

애나가 이마를 찡그렸다.

"0.5퍼센트." 오웬이 재빨리 말했다.

"한 학기를 40주로 잡고, 물론 매주 같은 분량의 숙제가 나온다고 가정했을 때지." 케이가 덧붙였다.

"성적의 25퍼센트일 경우엔 약 0.625퍼센트네." 아빠가 거실에서 나가며 덧붙였다.

"30퍼센트에 대해선 0.75퍼센트고." 엄마가 복도 어딘가에서 소리쳤다.

"여긴 늘 이런 식이야?" 애나가 물었다.

"가족들이 하는 수학 계산을 그레고리만 못 하는 거 말이야? 응." 자리에서 일어나며 오웬이 말했다. "여기선 아침도 다 먹기 전부터 늘 이래. 이제 실례 좀 할게. 텔레비전 보는 것 말고도 할 게 너무 많아서. 그래도 이 말은 하고 가야겠다. 그레고리, 그래도 잘했고, 망신시키지 않아줘서 고맙다."

오웬이 거실을 나갔고, 그레고리와 케이는 놀라서 입을 떡 벌린 채 서로 마주 봤다.

"오웬 오빠는 좀…." 애나가 말을 하려다 말았다.

"저게 지금까지 형이 해준 최고의 칭찬이야." 그레고리가 말했다. "내가 텔레비전에 나와서 정말 잘하긴 했나 보다."

"그러게." 케이가 맞장구쳤다.

"친구야, 그리고 아가씨들. 이제 그레고리의 계획에 대해 다시 얘기하면 안 될까? 이 파업엔 진짜 파업이 없었단 말이지…." 알렉스가 주머니에 손을 넣어 휴대폰을 꺼냈다. "아, 뉴스 시작할 때부터 계속 울리고 있었네."

"내 것도." 애나가 말했다. "문자랑 SNS 전부 네 얘기뿐이야."

"우리도 답변해야지." 그레고리가 힘차게 일어서며 말했다. "교장선생님이 우리를 심각히 여기게 하려면, 1주일 동안 다 같이 숙제 파업을 해야 돼."

"그건 곤란해." 애나가 말했다. "미안해."

"그럼 안 곤란한 일은 뭐야?" 그레고리가 풀이 죽어서 물었다. "난 지금 몇 주째 파업 중인데도 낙제 안 했어. 난 하루하루 버티고 있고…."

"빙고! 그거야!" 케이가 말했다.

"하루?" 그레고리가 물었다.

"하루." 애나가 동의했다.

"단 하루면 성적의 0.1퍼센트 정도지." 알렉스가 덧붙였다. "눈치챌 사람이 하나도 없을 만큼."

"좋은 생각이야." 그레고리가 말했다. "어쨌든 시도해볼 만해. 애들한테 이게 가능하단 걸 보여주고, 상황을 지켜보자. 계속 이어질지도 모르잖아." 그러고는 친구들을 봤다. "도와줄 거지?"

"그래, 좋아." 애나가 문자를 보내려고 손가락을 풀었다. "시작해보자."

알렉스는 아무 말 없이 계속 다리를 떨기만 했다.

"알렉스." 그레고리가 말했다. "네가 기자란 것도 알고…."

"동참할 수 있을지 난 잘 모르겠어." 잠시 후 알렉스가 작은 소리로 말했다.

"친구야," 애나가 말했다. "너한텐 숙제가 쉽다는 거 나도 알아. 하지만 딱 하루잖아!"

"그렇게 간단한 게 아냐." 알렉스가 말했다. "그렇게 간단하다면, 모두 파업하고 있겠지."

"그렇게 간단해졌어, 지금은." 애나가 말했다. "적어도 나한텐."

"그건 그림 그리기를 그리워하고 있었다는 걸 애나가 결국 인정했기 때문이야." 그레고리가 말했다. "숙제 때문에 너무 바쁘면 뭐가 그리운지 생각할 겨를도 없어져. 그런데 일단 깨닫고 나면 이 상황을 받아들이기가 더 힘들어지는 거야."

한동안 아무도 입을 열지 않았다.

"알렉스," 그레고리가 침묵을 깨며 말했다. "난 네가 열심히 영화 만들던 때가 그리워. 네가 읽은 그래픽노블 얘기도 정말 듣고 싶어. 그런 걸 넌 이제 읽지 않으니까. 하지만 신문사 일도 열심히 하고 과외 수업도 열심히 하는 너도 좋아. 우린 친구니까. 월요일 파업 조직하는 걸 네가 도와줬으면 좋겠어. 정말이야. 정말 큰 도움이 될 거야."

"도와줄게." 잠시 후 알렉스가 동의했다. "어쨌든 온 문자에 전부 답장은 해야 하니까."

"좋았어!" 그레고리가 말했다. "월요일은 숙제 안 하는 날! 자, 시작해볼까!"

친구들이 문자를 보내려고 타이핑을 시작했다. 그리고 답장을 받는 데는 그리 오래 걸리지 않았다. 모두가 하루 파업에 완전 찬성이었다. 그레고리는 친구들이 하루 파업을 즐거워하리라는 걸 알고 있었다. 그럼 이제부턴? 자, 이제 불가능은 없다.

그레고리 부모님의 친구들로부터 전화가 걸려온 것보다 소문이 퍼져 나간 게 더 빨랐다. 저녁 시간 내내 휴대폰이 울려댔다. 금요일 밤에 지역 뉴스를 시청하는 게 최고로 즐거운 일은 아니지만, 사람들이 많이들 하는 일인 건 분명했다. 친구들과 친척들이 그레고리 가족과 대화하려고 전화를 걸어왔다. 그리고 그보다 많은 아이들이 전화를 해오는 통에 휴대폰이 말 그대로 윙윙 울려댔다.

게다가 그레고리는 한 번도 본 적 없는 2학년 학생 다섯 명이 단지 "끝내줘!"라는 말을 하려고 그레고리네 집 근처로 찾아오기도 했다. 그리고 "자세한 건 나중에 듣기로 하고" 그 자리에서 하루 숙제 파업에 동의했다.

애나와 알렉스가 집으로 갔을 때쯤엔, 재학생 중 반이 넘는 학생들이 앞으로 할 행동 지침에 대해 들었고, 거의 모두가 동의한 상태였다. 베니까지도 제삼자를 통해 자기도 "완전 찬성"한다는 말을 전해왔다. 계획은 간단했다. 늘 예의 바르고 정중하게 선생님들을 대할 것. 그냥 숙제만 교실에 그대로 두고 갈 것. 읽기 숙제가 있다면, 읽지 말 것. 쓰기 숙제가 있다면, 페이지를 공란인 채로 둘 것.

그리고 가장 중요한 건, 모두가 오후 시간 동안, 자기가 정말 좋아하는 일인데 시간이 없어 못 하고 있는 일을 해야 한다는 것이었다.

그레고리가 완전 녹초가 된 걸 깨달았을 땐 밤 아홉 시가 다 돼 있었다. 그레고리는 뉴저지에서 전화한 뮤리얼 이모와 재빨리 통화를 끝낸 뒤, 마지막 통화를 하려고 자기 방으로 향했다.

켈리는 처음 전화벨이 다 울리기도 전에 받았다.

"진짜 환상적이었어! 여기선 컴퓨터로 시청했는데, 우리 엄마는 네가 자랑스러우시대."

"파이 좀 보내줘야겠다, 할 만큼 자랑스러우신 거야? 아니면 그냥 말로만 자랑스러우신 거야?"

"파이. 그것도 아주 많이." 켈리가 대답했다. "그래서 이제 어떻게 되는 거야?"

그레고리는 켈리한테 하루 파업 계획을 이야기해줬다.

"나도 하고 싶으면 어떻게 하면 돼?" 켈리가 물었다.

"내가 늘 그렇지만, 이것도 좀 미친 짓 같지 않아?"

"이건 미친 짓이 아니야. 그러니까 어떻게 하는 건지 알려줘." 켈리가 손가락으로 키보드를 딸각거리는 소리가 들려왔다. "케이는 아직 안 자?"

"어, 응. 왜?"

"네가 이미 웹사이트를 만들지 않았으면, 케이한테 부탁할 게 좀 있어서. 그리고 그래픽 잘 다루는 사람 혹시 알아?"

그레고리가 아무 대답이 없자 잠시 후 켈리가 말했다.

"맞다, 널 잊고 있었네. 미안. 그레고리, 넌 온라인으로 가야 돼."

"온라인?"

그레고리는 벌떡 일어나 책상으로 갔다.

"응. 웹사이트 탄생을 축하해. 우리 엄마랑 내가 널 위해 방금 숙제닷컴 도메인을 샀어." 켈리의 보이지 않는 손가락이 계속 키보드를 타닥타닥 두드려댔다. "이제 지시사항 좀 써줘봐."

"파업을 조직하는 방법 말이야?"

그레고리는 공책을 집어 들었다.

"나한테만 말고, 누구나 볼 수 있게!"

켈리가 작게 소리를 지르자, 그레고리의 눈에 다시 생기가 돌아왔다. 피로감은 레이저 같은 집중력으로… 아니, 적어도 애플파이에 대한 희망으로 바뀌었다.

"이제, 케이 좀 데려와줘!"

한 시간이 흘러, 케이와 켈리가 함께 웹사이트의 뼈대를 완성했다. 애나는 그래프 작업을 시작했고, 알렉스와 함께 모리스 중학교 월요일 파업의 행동 작전 조직을 계속했다. 그레고리는 지시사항과 슬로건을 썼고, 재미 삼아 시를 한두 편 썼다.

에너지가 넘쳐 오르던 그레고리는 결국, 하루 종일 솟구친 아드레날린에 소진된 채로 침대에 쓰러졌다.

토요일은 그레고리가 일주일 중 가장 좋아하는 요일이었다. 토요일은 늘 아주 재밌는 날이기 마련이고, 다음 날에는 보너스처럼 일요일이 남아 있으니까. 그레고리는 실컷 늘어지게 자고 게으름 피우는 게 좋았다.

하지만 이번 토요일은 특별한 날이라 그럴 수가 없었다.

"궁금해서 그러는데," 오전 여덟 시에 방문을 노크하며 엄마가 말했다. "하루를 시작하며 뉴욕타임스, CNN과 인터뷰하는 게 낫겠니? 아니면 맥켈란 교장선생님과 대화하는 게 낫겠니?"

그레고리는 베개로 머리를 싸매고 외쳤다.

"보기 중엔 없다고 해도 돼요?"

"그래도 되지. 하지만 아빠와 난 교장선생님과 얘기해야 돼."

엄마 목소리는 더 이상 안 들렸지만, 엄마가 돌아가는 발소리가 들리지 않았다. 그레고리는 베개를 다시 들어 올렸다.

"뭔데요?"

"어… 그레고리… 우린 그냥… 단지…" 엄마가 심호흡을 했다. "일어나고 싶으면 아침밥 만들어줄게. 오늘은 중요한 날이잖니. 잘 먹어야지."

20분 후, 그레고리는 자기 몫의 음식을 모두 먹어 치웠다. 가족들이 아침 식사를 하는 동안 전화기가 세 번 울렸지만, 부모님이 전화기를 자동 응답 모드로 돌려놓은 상태였다.

이제 결정을 내려야 했다.

"신문 인터뷰는 더 이상 안 하고요. 방송 인터뷰도 안 해요. 저에 대한 얘기가 아니라, 실제 뉴스가 될 얘기가 생기기 전엔 아무것도 안 할 거예요."

그레고리는 머릿속에 제대로 입력하려고 반복해서 말했다.

"취재하고 싶다는 사람이 있으면?" 아빠가 물었다.

"숙제 안 하느라 너무 바쁘다고 말해주세요!"

그레고리는 식탁에서 일어나 엄마한테 뽀뽀를 했다.

"외출 금지 안 시켜주셔서 고마워요."

"글쎄다." 엄마가 웃으며 말했다. "아직 주말이 끝난 건 아니니까!"

그레고리는 주말을 매순간 최대한 즐기기로 했다. 그래서 공책을 들고 슬라이스 카페에 글을 쓰러 갔다. 시 두 편을 마무리했고, 단편소설 하나를 다듬었고, 파업에 대한 자기 경험을 자유 형식으로 쓰기로 하고 그 도입부를 썼다. 뭔가에 집중하자, 시간이 말 그대로 날아갔다.

그다음에는 알렉스와 애나, 그리고 반 친구 몇 명과 만나서 원반 던지기 게임을 했다.

그다음에는 켈리한테 전화를 걸어 통화하며 도심 공원을 거닐었다.

그레고리는 몇몇 학부모들로부터 눈총을 받았지만, 몇몇 아이들에겐 손을 흔들어주고 사인도 해줬다. 먼 훗날 자기가 쓴 책에 사인해주는 꿈은 가끔 꿨지만, 신문에 난 자기 사진에 사인해주는 일도 나쁘지 않았다.

일요일에 그레고리는 완전히 녹초가 된 상태로, 월요일 아침에 일이 어떻게 진행될지 불안한 마음으로, 일찍 잠자리에 들었다. 이번에도 숙제를 안 한 사람이 나 하나뿐이면 어쩌지? 모두의 화젯거리가 된 이 계획이 정말 계획한 대로 진행될까? 아니, 애초에 이 계획 자체가 좋은 생각이긴 했을까?

다음 날 아침, 그레고리는 알렉스, 애나와 만나 함께 학교로 갔다. 그레고리는 차분한 데 비해 친구들은 너무 들뜬 나머지 거의 날아다니다시피 했다. 학교에서 학생들이 몰래 시선을 주고받으며 미소를 짓곤 했지만, 그레고리한테 들려온 말은 별로 없었다. 어쩌면 그레고리가 뱅스터 선생님의 수업을 들으려고 서둘러 교실로 가는 바람에 못 들은 건지도 모른다.

수업 시간에 설명을 들을 때도, 그레고리는 거의 집중하지 못했다. 그저 수업 시간이 무지무지 길다는 생각뿐이었다.

뱅스터 선생님이 마침내 뭔가 하던 말을 마치고 숙제를 내주려고 교실을 돌아다녔다. 그레고리 옆에서 선생님이 연극배우 같은 과장된 동작으로 숙제장을 내밀었지만… 그레고리는 정중히 사양했다.

뱅스터 선생님이 교실 앞쪽으로 돌아갔다.

"오늘 수업 끝나기 전에 할 말 있는 사람?"

조금 머뭇거리다가 그레고리와 애나가 일어나자, 반 전체가 바로 따라 일어났다.

"대표 없이 숙제 없다!" 모두가 일제히 외쳤다. "발언권도 없다? 그런 법은 없다! 발언권도 없다? 그런 법은 없다!"

끝종이 울렸고, 그레고리의 반 아이들은 구호를 계속 합창하며 줄지어 교실을 빠져나갔다. 책상마다 그대로 남겨진 숙제장은 아이들의 단합을 보여주고 있었다. 그레고리는 알렉스를 찾으려고 교실을 둘러보다가 알렉스가 아직 앉아서 숙제장 위에 두 손을 올리고 있는 걸 봤다. 하지만 곧 알렉스는 몸을 돌려 친구들을 따라갔고, 숙제장은 그대로 남겨져 있었다. 그레고리의 얼굴에 미소가 번졌다.

합창 소리가 점점 잦아들었고, 그레고리는 뱅스터 선생님이 멍하니 있다가… 숙제장을 걷으러 천천히 교실을 돌아다니는 모습을 봤다.

그레고리는 꼼짝도 하지 않고 서 있었다. 지금 교실에 남아 있는 유일한 학생이었다.

"그러다 늦겠네, 그레고리 군." 선생님이 뒤를 돌아보지도 않고 말했다. "어서 가야지."

"이번엔 동지가 많았어요, 뱅스터 선생님." 그레고리는 느릿느릿 소지품을 챙겼다. "저, 3점 깎이는 건 아니죠?"

"이 일로는 아니네." 선생님이 뒤로 돌더니 씩 웃으며 두터운 한

쪽 눈썹을 치켜세웠다. “하지만 다른 과목들도 내가 다 담당하는 건 아니지 않나. 당장 가게나!”

선생님의 미소와 3점이 안 깎인다는 말에 안심이 된 그레고리는 책가방을 챙겨 서둘러 나갔다.

3층 복도에 들어선 순간, 그레고리는 오늘은 여느 때와 다른 날이 될 거라는 걸 알았다. 아이들이 서로 하이파이브를 했고, 그레고리가 더 이상 혼자가 아니라는 걸 알려주는 얘기들도 얼핏 들렸다. 숙제 파업이 실제로 이행되고 있는 것이다.

2교시와 3교시 사이 복도에서 맥켈란 교장선생님을 봤을 때도… 다음 수업 도중에 교장실로 호출됐을 때도, 그레고리는 숙제 파업이 진행되고 있다는 사실을 조금도 의심하지 않았다.

“넌 진짜 포기할 생각이 없구나?”

교장선생님은 오늘따라 몸집이 더 커 보였다… 아니면 교장실이 작아졌든가. 그레고리는 책상 맞은편 의자에 앉았고, 기가 죽어 있었다.

“저는 파업 중이에요, 교장선생님. 그게 다예요.”

“오늘 또 그런 무례한 행동을 하다니, 기분이 아주 언짢구나.”

교장선생님이 손가락으로 책상을 두드렸다.

“무례하다고요?”

“그래. 그게 내가 하고 싶은 말이다.”

“정말요?”

그레고리는 교장실에서 화를 내면 안 된다는 걸 알지만 참을 수가 없었다.

"오늘은 저 하나가 아니에요. 모두 다라고요. 그러니 저를 비난하진 말아주세요. 게다가 무례한 분이 있다면, 그건 바로 교장선생님이에요. 저희 말을 안 들어주시니까요."

"네 말을 듣고는 있다. 동의하지 않을 뿐이지."

교장선생님이 땅이 꺼져라 한숨을 쉬더니 말을 이었다.

"모리스 중학교가 뉴스에 다시 보도되는 일은 없으면 좋겠구나. 더 정확히 말하면, 내가 뉴스에 나가는 게 싫단다."

"저도 싫어요."

"학교 공청회가 수요일 저녁에 열린다. 논의할 사항이 많긴 하다만, 우리 교사들과 행정직원들도 참석한 자리에서 네 주장을 펼칠 기회를 주겠다. 네가 그러길 원한다면 말이야."

"물론이죠. 그러고 싶어요."

그레고리는 지금 대화를 끝내야 한다는 걸 알았다.

"그럼 이제 교실로 돌아가도 될까요? 수업 참여도 점수가 깎이면 정말 곤란해지거든요. 아시죠?"

교장선생님이 참지 못하고 웃음을 터트렸다.

"그래, 가라. 이 문제로 더 이상 사람들의 이목을 끌지 않도록 서로 조심하자꾸나. 알겠지?"

"말씀하신 뜻은 잘 알겠어요."

그레고리는 이렇게 말하고 서둘러 교장실을 빠져나갔다.

"아이고! 이제 우린 망했어!"

그레고리는 교장실에서 들려온 말이 농담인지 진담인지 확실치 않았지만, 확인하러 교장실로 돌아가지는 않기로 했다. 정확히 그레고리가 원하던 대로 된 것이다.

어마어마한 기회였다.

일을 망치지 않기만 바랄 뿐이었다.

14

소리 질러! 크게 외쳐!
당당하게. 속 시원하게.
큰 소리로 또박또박 이렇게 말해.
네, 제 목소리가 들리길 원해요!

저녁 무렵에는 동네 사람들 거의 모두가 이 소식을 들었고, 그레고리한테 저마다 조언을 해줬다. 권력에 굴복하지 말라는 말부터, 그런 망신스러운 짓을 했으니 사과하라는 말까지. 특히 나이 많은 어른들은 한심하다는 표정으로 곱지 않은 시선을 보냈다.

"화난 사람들이 많아." 다 같이 학교에서 집으로 걸어가는 길에 애나가 말했다.

"그냥 방에 숨어서 글이나 쓸까 봐." 그레고리가 대답했다.

숨는 건 불가능했다. 신문사와 TV 방송국에서 걸려오는 전화는 그레고리 부모님이 차단한 상태였다. 그레고리는 친구들이 문자나 메일로 보낸 질문에는 답변을 해줬다. 하지만 다른 아이들도 파업을 계속해야 하는가에 대해서는 자기 의견을 말하지 않았다. 하루 파업으로 얻은 힘이 파업을 지속시킬 수 있을 만큼 강했지만 말이다.

"오후 내내 야구를 했어!"

"난 잠을 푹 잤어!"

"난 비디오게임을 했어!"

"뭘 했는지 기억도 안 날 만큼, 암튼 끝내줬어!"

그레고리가 받은 문자와 메일의 내용은 거의 다 이랬다.

게다가, 알렉스가 찾아와서 이제 막 만들기 시작한 단편영화를 그레고리한테 보여줬다.

"이게 얼마나 그리웠던지 몰라. 정말정말 그리웠어." 알렉스가 말했다.

"나도."

그레고리는 이렇게 말한 뒤 시나리오에 관한 아이디어 몇 가지를 제시했다.

하지만 물론 모두가 기뻐한 건 아니었다. 알렉스가 "숙제 찬성 집회가 있대!" 하고 말해준 대로, 다음 날 아침 등굣길에 숙제 파업에 항의하는 시위가 벌어졌다.

그레고리는 수요일이 될 때까지 친구들 뒤로 숨거나 자기 방에 틀어박혀 지냈다. 그러면서 학교 공청회에서 이야기할 내용을 작성했다. 그리고 학교와 관련된 일이라면, 숙제만 빼고, 뭐든 믿어지지 않을 만큼 열심히 했다. 알고 보니, 반 친구들 대부분에게도 같은 일이 일어나고 있었다. 파업이 지속되고 있었던 것이다.

마침내 수요일 저녁이 되었다. 그레고리는 이날이 너무 빨리 온 것같이 느껴졌다. 아니, 다시 생각해보니 너무 늦게 온 것도 같았다. 언젠가는 일어날 일인데… 드디어 그날이 온 것이다.

그레고리와 가족들이 학교에 도착하자, 수많은 지지자가 환호성을 터트렸다. 그리고 그보다는 적은 수의 학부모들과 아이들이 모여서 '숙제는 중요하다!', '선생님들을 지지한다!'라고 쓰인 피켓을 들고 서 있었다.

"저도 선생님들을 지지해요."

그레고리가 중얼중얼 말하자, 부모님은 미소를 띤 채 어서 가자고 말했다.

피켓을 든 강경파 쪽에서 "파업 반대!"를 외치면, 반대편에서는 "발언권도 없다? 그런 법은 없다!" 하고 받아쳤다. 그레고리와 가족들은 잠자코 계단을 올라 학교 안으로 들어갔다. 강당에는 이미 사람들이 꽉 들어차 있었는데, 맨 앞에 공청회에서 발언하기로 예정된 사람들을 위한 자리가 한 줄 비어 있었다. 그리고 그레고리에겐 엄마와 아빠, 케이의 자리도 마련돼 있었다.

실내가 무척 소란스러웠지만, 그레고리는 자리에 앉아서 주위를 의식하지 않으려고 애썼다.

대개, 학교 공청회는 따분한 행사였다. 물론 학부모들에겐 중요한 정보를 얻을 수 있는 데다 자녀를 가르치는 선생님들을 만날 수 있는 반가운 기회였지만… 사람들이 구호를 외치며 피켓을 들고 있거나, 아이들과 함께 오는 일은 드물었다. 방송국 카메라가 와 있는 것도 흔치 않은 일이었다.(그레고리 아빠의 말에 따르면 흔치 않은 게 아니라 전례가 없는 일이었다.)

"그레고리," 엄마가 부드럽게 말했다. "심호흡하는 거 잊지 마."

그레고리가 오늘 밤 내내 떠올려야 할 말이었다.

마침내, 학교 공청회가 시작되었다. 맥켈란 교장선생님이 강당 무대 위의 연단에 섰고, 그 한쪽 옆으로 빈 의자가 다섯 개 놓여 있었다. 교장선생님이 다가오는 휴일 등 공지사항을 전달했지만, 그걸 귀 기울여 듣는 사람은 없었다. 사실 교장선생님도 그 사실을 잘 알고 있었다.

"그렇습니다. 자, 오늘 회의 안건으로, 본교에서 벌어지고 있는 숙제 논쟁도 다룰 예정입니다. 여기 오신 많은 분들, 아니, 이미 모든 분이 아실지도 모릅니다만, 본교 재학생인 그레고리 재스퍼튼 군이 한동안 숙제 파업을 해왔습니다. 혼자서 한 작은 시위에 불과했지요. 하지만 이번 주에는 다른 학생들도 다수 동참했습니다."

파업을 지지하는 외침이 몇 차례 터져 나왔다. 교장선생님은 잠시 말을 멈추고 조용히 하라며 한 손을 들어 올렸다.

"오늘 밤, 우리는 이 주제에 관해 서로를 존중하며 의견을 나누고자 모였습니다."

교장선생님이 마이크 홀더에서 마이크를 뽑아 들더니, 무대 앞으로 걸어 나오면서 말을 이었다.

"교육기관으로서, 저희는 학생들이 자신의 의사를 표현하는 걸 지지하면서, 또한 교육에 보다 더 명확한 초점을 두고 있습니다. 제 동료이기도 한 이곳 모리스 중학교의 행정직원과 교사들은 수

준 높은 훈련과 교육을 받은 분들이고, 우리 학생들이 자신이 가진 잠재력을 발휘하도록 돕기 위해 헌신하고 있습니다. 여름방학 내내, 각 교사들은 수업 진도표를 준비합니다. 교사들은 가르칠 내용을 파악하고, 그 내용을 가르칠 최선의 방법을 연구합니다. 학생들에게 가해지는 부담을 잘 알고 있으며, 우리 학생들이 자랐을 때, 세상이 학생들로부터 뭘 기대할 것인지도 잘 알고 있습니다. 오늘 이 자리에서, 교사들의 이야기도 좀 들어보시기 바랍니다."

그레고리는 네 명의 어른이 무대로 걸어 올라오는 걸 봤다. 그레고리의 수학 선생님과 영어 선생님, 그리고 교감선생님과 뱅스터 선생님이었다. 선생님들은 무대를 가로질러 가서 의자에 앉았고, 빈 의자는 하나만 남았다. 그레고리는 숨을 아주 크게 들이쉬고, 얼른 엄마와 아빠의 손을 잡고, 기다렸다.

"다양한 시각에서 의견을 수렴하기 위해, 그레고리 재스퍼튼 군도 무대로 초대하겠습니다. 자, 무대로 나와주겠나?"

환호성과 박수갈채가 터져 나와, 교장선생님이 마지막에 하려고 했던 말을 삼켰다.

그레고리는 의자에서 일어나 무대 옆으로 난 계단을 천천히 올라갔다. 웃는 얼굴을 하려고, 발을 헛디디지 않으려고 신경 쓰면서 무사히 뱅스터 선생님 옆 의자에 앉은 그레고리는 관객들을 바라봤다.

학교 행사 때 이 강당에 몇 번 와봤지만, 무대에서 보니 강당이 완전히 달라 보였다. 무대에 쏟아지는 뜨거운 조명이 느껴졌고, 자기를 올려다보는 수백 명의 관객들이 보였고, 그 많은 사람들이 숨 쉬는 소리와 웅얼거리는 소리까지 들렸다. 그레고리의 목덜미에서 땀이 흘러내리기 시작했고, 오른손은 경련이 일어날 지경이었다.

그레고리는 뒤에서 세 번째 줄에 앉은 애나와 애나 아빠를 발견했다. 알렉스가 맨 앞자리 가까이 언론인석에 있는 것도 보였다. 그리고 교장선생님이 다시 말을 시작했을 때, 강당 뒤쪽 문이 열리며 켈리와 켈리 엄마가 안으로 들어오는 게 보였다. 그 순간, 그레고리는 더할 나위 없이 맘이 편해졌다.

처음 네 명의 연사는, 맥켈란 교장선생님을 포함해, 그레고리가 이미 다 아는 말밖에 안 했다. 배운 걸 복습하게 해주고, 책임감을 가르쳐주고, 더 많은 내용을 다루게 해주고, 교사들이 학생들의 학업 성취도를 가늠하게 해준다. 아무도 학업으로 인한 부담을 느끼지 않도록 하는 게 목표라는 말이 반복해서 나왔다.

죄다 그레고리가 전에 들어본 말이었고, 사실이긴 해도 요점을 비껴간 것이었다. 교감선생님이 말을 마치고 나니, 이제 그레고리 차례가 되었다. 뱅스터 선생님은 마지막으로 연설할 예정이었다. 그 편이 맥켈란 교장선생님이 마무리하는 것보다는 낫겠다고 그레고리는 생각했다… 큰 차이는 없겠지만 말이다.

교장선생님이 그레고리를 소개하고는 관객들에게 정중하고 조용히 들어주길 당부한 뒤 옆으로 물러났다.

그레고리는 잔뜩 긴장한 채 연단에 섰다.

"고맙습니다, 맥켈란 교장선생님."

스피커에서 나오는 자기 목소리에 흠칫 놀랐지만, 그레고리는 차분히 말을 이어갔다.

"그리고 선생님들과 부모님들, 오늘 밤 이곳에 오신 모든 분께 감사드립니다. 먼저 올해 저를 가르쳐주시는 선생님들을 모두 좋아한다는 말씀을 다시 한 번 드리고 싶습니다. 저는 선생님들께 화가 난 게 아닙니다. 선생님들이 하시는 일은 정말 어려운 일이라고 생각하고, 늘 감사드리고 있습니다."

박수가 한 차례 터져 나와서 그레고리는 말을 멈춰야만 했다. 그레고리는 박수가 잦아들기를 기다렸다가 다시 입을 열었다.

"사실은, 선생님들 문제가 아닙니다. 이건 저희 학생들에 대한 문제입니다."

박수와 환호성이 다시 강당을 채웠지만 그레고리는 기다리지 않고 바로 말을 이었다.

"저희는 저마다 다릅니다. 저는 15분 걸리는 영어 숙제가 제 친구 애나에겐 45분이 걸립니다. 제 친구 베니가 5분이면 하는 수학 숙제가 저는 한 시간이 걸립니다. 숙제는 점점 쌓입니다. 저는 하루 세 시간씩 숙제를 했지만, 그래도 다 하지 못할 때가 가끔 있었습니다. 그것 때문에 제가 뭘 포기해야 했냐고요? 다른 일은 전부 다 포기해야 했습니다. 학교를 떠나서, 제게 개인적으로 중요한 일들 전부 다요."

그레고리는 마이크를 스탠드에서 뽑아 들고 무대 앞으로 이동했다.

"파업에 들어가고 나서 제가 뭘 알게 됐는지 아세요? 숙제를 하지 않으면서도 시험 점수가 잘 나올 수 있다는 겁니다. 시험을 잘 보는 이유는 스스로 원해서 공부하기 때문입니다. 저는 열심히 공부합니다. 굉장히 열심히요. 그러면서 전에는 할 시간이 없어 못 했던 일도 합니다. 제 시험 성적이 올라간 건 제가 더 똑똑해졌거나 선생님들 실력이 좋아져서 그런 게 아니라, 제가 공부에 들이는 시간이 더 많아졌기 때문입니다. 공부하겠다고 스스로 결심했기 때문입니다. 스스로 선택할 수 있기 때문입니다."

또다시 환호성이 강당을 메웠지만, 이번에는 야유를 보내는 사람도 몇몇 있었다. "넌 그냥 어린애라고!" 한 어른이 외쳤다. "규칙은 지키라고 있는 거야!" 누군가 또 외쳤다.

"제가 오늘 이곳에 나온 이유는 제 목소리가 들리길 원해서입니다. 학교가 끝나고 뭘 해야 하는지에 대해 의견을 나누는 자리에 저도 참여하고 싶었습니다. 숙제에 관한 주목할 만한 연구 결과가 많다는 것도, 나쁜 의도를 가진 사람은 없다는 것도 알지만, 숙제로 인해 야기되는 상황이 저는 힘들었습니다. 선생님들께 무례하게 행동하려고 파업을 한 게 아닙니다. 저 자신을 존중하기 위해 파업에 들어간 것입니다."

박수와 야유가 한데 섞여 나와서 그레고리는 잠시 멈췄다가 말을 이었다.

"맥켈란 교장선생님, 저는 해결 방법을 모릅니다. 제가 아는 건 이대로는 안 된다는 것뿐입니다. 어쩌면 숙제 금지법을 부활시켜야 할지도 모릅니다. 아무도 들어줄 마음이 없는 것 같아서, 저희가 직접 나서서 말해야 했던 겁니다. 의견을 나누고 해결책을 내는 과정에 저희 학생들의 생각도 반영돼야 하지만, 저희에겐 발언권이 없습니다. 그래서 지금 저희는 행동으로 말하고 있는 겁니다. 발언권도 없다니, 그런 법은 없다고 생각합니다."

이번에는 박수 소리가 너무 커서 야유가 묻혀버렸다. 그레고리는 절로 웃음이 나오는 걸 감출 수가 없었다. 서둘러 연단으로 돌아가 마이크를 제자리에 놓은 뒤, 그레고리는 자기 자리로 가 털썩 주저앉았다.

드디어 뱅스터 선생님이 자리에서 천천히 일어나자, 관객들이 하나둘씩 조용해졌다. 선생님이 연단을 향해 열 걸음 정도 걸어갔을 때, 강당은 쥐 죽은 듯이 고요해져 있었다.

그레고리는 궁금했다. 뱅스터 선생님의 이런 힘은 어디서 나오는 걸까? 어디서 나오는 건지 모르겠지만, 그레고리는 어른이 되면 자기도 그런 힘을 꼭 갖고 싶었다.

뱅스터 선생님이 마이크를 조절하는 모습을 그레고리는 초조히 지켜봤다. 입안이 바짝 말라붙어 침도 넘어가지 않았다. 중대한 순간이었고, 이제 남은 일은 듣는 것뿐이었다.

"여러분은 정말 부끄러운 줄 알아야 합니다." 뱅스터 선생님이 말을 시작했다.

그레고리는 안절부절못하며 선생님 쪽을 봤고, 선생님의 시선이 그레고리한테 꽂혔다.

"아니, 자네 말고, 그레고리 군. 오늘 자네한테 야유를 보내며 소리 지른 사람들이 부끄러운 줄 알아야 한다는 거야. 자네가 전하려 한 이야기를 외면해온 사람들도 마찬가지고."

어리벙벙해진 그레고리는 뱅스터 선생님을 향해 입 모양으로 "고마워요" 하고 말했다.

관객들은 계속 침묵을 지키고 있었다.

"이 어린 친구가 해낸 일은 실로 놀랍습니다."

강당에 있는 모든 사람의 시선을 빨아들이며 선생님이 말을 이었다.

"제가 교편을 잡아온 세월을 전부 통틀어, 여기 모인 사람들 대부분을 제가 가르쳤을 겁니다만, 그레고리의 결단력과 그레고리가 취한 행동은 지금껏 보아온 중에 가장 놀라웠습니다. 그걸 곁에서 지켜보는 일은 특권과 같았습니다."

사람들이 환호하고 휘파람을 부는 소리가 무대까지 들려왔다. 그레고리는 부모님이 환히 웃고 있는 걸 발견했다.

"수십 년 전, 저는 시의회에 가서, 그레고리 재스퍼튼 군이 최근에 발견한 법에 관해 물었습니다, 15세 미만의 아이들에게 숙제를 내는 것을 금지한 법 말입니다. 저는 의회에 그 법이 아직 유효한지 물었고, 유효한데 왜 법이 지켜지지 않느냐고 물었습니다. 그날 회의에서, 의회는 그 법을 시 규정에서 없애는 절차에 들어갔습니다. 법이 집행된 적은 한 번도 없었고, 당시 저는 격분했습니다. 저는 그 법을 세상 그 무엇보다 더 원했기 때문입니다."

"말도 안 돼요!"

관객석 어딘가에서 외치는 소리가 들렸다. 여기에 맞장구치듯, 신경질적인 웃음소리도 들려왔다.

"분명 놀라셨을 겁니다. 그레고리 군?" 선생님이 미소를 지으며 제자를 바라봤다. "내가 바로, 자네가 확인하지 못한 주요 참고자료였네."

무대 위의 선생님들과 그레고리 모두가 미소를 지었다.

"그로부터 많은 세월이 흘렀고, 난 여러 면에서 달라졌네. 그리고 이런 말을 하게 돼 유감이지만, 난 숙제를 금지하는 법이 있어야 한다고 더는 생각하지 않네. 그래서 자네한테 굉장히 감명을 받았음에도, 자네의 목적에 동의할 수 없는 입장이네. 교사에겐 최대한 많은 도구가 허락돼야 하고, 그런 도구 중 하나를 금지하는 건 누구에게도 좋은 일이 아니니까."

뱅스터 선생님이 말을 멈추더니 물을 한 모금 마셨다.

의자에 외롭게 앉아 있는 그레고리의 목에서 다시 땀이 흐르고 귀가 빨개지기 시작했다. 자기 몸이 점점 작아지고 있는 것 같았다. 무대 위에 있는 게 견딜 수 없을 정도로 싫어졌다. 그레고리는 켈리가 사기를 북돋워주길 바라며 관객석을 봤지만, 조명이 너무 눈부셔서 켈리를 찾기가 어려웠다.

뱅스터 선생님이 다시 입을 열었다.

"그렇긴 하지만, 그레고리가 상황 전체를 다시 자세히 볼 수 있게 해주기 전까지, 저를 포함한 모리스 중학교 교사들은 숙제가 다수의 우리 학생들에게 어떤 문제를 일으키는지 정확히 알지 못했던 게 사실입니다. 그래서 숙제를 금지해달라는 요구에는 전혀 응할 수 없는 반면, 교사와 행정직원, 학부모 그리고 물론, 학생들도 포함하는 특별 팀을 구성해, 머리를 맞대고 모두에게 맞는 해결책을 찾아보자는 의견에는 적극 찬성합니다."

그레고리는 애나가 제일 먼저 "와아!" 하고 환호성을 질렀다는 걸 나중에 알았지만, 당시에는 강당에 있던 학생들이 동시에 환호한 것처럼 보였다. 그레고리는 놀란 나머지 그대로 얼어붙었고, 케이가 이 순간을 찍은 사진에는 눈이 왕방울만 해진 그레고리의 모습이 담겨 있었다.

"그레고리 군." 뱅스터 선생님이 계속 말했다. "오늘 공청회에서 자네가 최종 발언을 해줬으면 하네. 내 제안이 실현 가능할지, 자네 목표를 이뤄줄지 모르겠지만, 오늘 우린 오직 자네의 열정과 결단력 덕분에 모인 것이니, 자네한테 연단을 넘기겠네."

우레와 같은 박수를 받으며 뱅스터 선생님이 연단을 떠났다. 아니, 어쩌면 뱅스터 선생님이 그레고리 곁을 지나치며 말한 것처럼, 그 박수는 연단으로 나오는 그레고리한테 쏟아진 건지도 모른다. 어찌 됐든, 그레고리가 마이크 앞에서 다시 자세를 잡는 데는 몇 분이 더 걸렸다. 한 발씩 바꿔서 서고, 팔을 털기도 하면서, 그레고리는 머릿속에서 가능해 보이는 선택지를 재빨리 훑었다.

그레고리는 파업 중이었다. 파업을 그만둘 필요는 없다. 하지만 뱅스터 선생님이 옳을 수도 있지 않을까? 아니라면…? 그레고리는 머리를 비우고, 마음속에서 이야기를 꺼냈다.

"고맙습니다, 뱅스터 선생님. 이번 파업으로 저는 많은 걸 배웠습니다. 오래된 시의회 회의록을 보고 멋대로 추측하지 말라는 것도 배웠고요."

그레고리는 한 번 심호흡을 하고 말을 이어갔다.

"학생들이 포함된 특별 팀은 좋은 출발점이 될 것 같습니다. 단 특별 팀의 제안이 진지하게 받아들여진다는 걸 확실히 해주시고, 저희의 의견을 묵살하지 않으실 거라면요. 다시 말해 저희 목소리가 들리게 해주는 거라면, 저는 좋습니다."

이날 모임에서 그다음에 벌어진 일들은 그레고리에겐 희미했다. 교장선생님은 특별 팀을 조직하는 데 동의하며, 뱅스터 선생님과 그레고리에게 첫 멤버가 돼줄 것을 요청했다. 공청회가 끝나자 학생들이 몰려드는 바람에 그레고리는 부모님과 케이로부터 멀리 떨어지고 말았다. 몰려든 학생들은 심지어 큰 경기에서 이긴 축구 팀 주장에게 하듯 헹가래를 쳐주기도 했다.

마침내 사람들의 관심은 재미없는 일상으로 돌아갔고, 관객들은 점점 줄어들었다.

그레고리는 가족들이 있는 곳으로 돌아갔다. 부모님은 켈리 엄마와 한창 얘기 중이었고, 바로 옆에서는 알렉스, 애나, 베니와 켈리가 오래전부터 알던 사이인 양 웃고 떠들고 있었다. 애나와 켈리는 서로 한 번도 본 적이 없는데 말이다.

그레고리를 제일 먼저 발견한 건 애나였다.

"최고였어!" 애나가 달려와 친구를 껴안아줬다. "파업은 끝난 거야?"

"응, 그런 것 같아." 그레고리가 말했다. "교장선생님 말씀으론, 특별 팀이 곧 결성될 거야. 그리고 그거 알아? 만약 특별 팀이 안 만들어지면, 언제든 다시 파업하면 돼."

알렉스가 사진을 한 장 찍었다. "특별 팀 핵심 관계자들을 내가 독점으로 인터뷰하게 되는 건가?"

"인터뷰를 하게 되면, 제일 먼저 너랑 한다고 약속할게."

그레고리와 알렉스는 서로 하이파이브를 했다.

"많이 바빠지겠네." 베니가 말했다. "그래도 우리랑 숙제는 할 수 있음 좋겠다."

"너, 돌아왔냐?" 그레고리가 기뻐하며 물었다.

"응. 너한테 동참하겠다고 엄마한테 말씀드렸어. 그걸로 끝. 우리 엄마는 네가 나쁜 영향을 준 게 아니라고 믿기로 하셨어. 그냥 철없는 객기 정도로 보기로 말이야. 엄마랑 말싸움하긴 싫었어."

드디어 그레고리는 켈리를 마주하고 섰다. 둘은 오랜 친구답게 서로를 꼭 껴안았다.

"와줘서 고마워."

그레고리가 속삭이자, 켈리가 그레고리의 종아리를 걷어찼다.

"설마 내가 안 올 줄 알았어? 어쨌든 오늘 넌 정말 환상적이었어." 켈리가 커다란 갈색 봉투를 들어 올렸다. "파이 가져왔어. 이 동네에선 우유 한 잔 하려면 어디로 가야 돼?"

그레고리 부모님은 모두들 집으로 와서 축하 파이를 먹도록 했다. 친구들은 축제 분위기였고, 오웬은 그레고리 것을 하나도 뺏어 먹으려 하지 않았다. 켈리 엄마가 만든 세계 최고의 애플파이인데도 말이다.

먼 길을 운전해 집으로 돌아가야 하는데도 켈리와 켈리 엄마가 가장 오래 머물렀다.

"자유무대의 밤보다 낫더라." 차로 걸어가며 켈리가 말했다.

"난 그래도 시 낭송이 더 좋아." 그레고리가 말했다. "아주아주 많이."

"그래. 이제부터 뭐 할 거야?"

그레고리의 답은 바로 나왔다.

"자야지. 몇 주 동안 자고 또 자고."

돌아가며 서로 포옹을 했고, 켈리와 켈리 엄마가 차를 몰고 떠날 때까지 웃음이 끊이지 않았다.

가족들이 전부 집에 들어가고 나서도 그레고리는 그대로 밖에 있었다. 바람이 불어 달빛이 드리운 나무의 그림자를 흔드는 모습을 그레고리는 가만히 지켜봤다. 온갖 생각이 멈출 줄 모르고 이어졌다.

파업을 그만둔 게 잘한 걸까? 그레고리가 학교와 관계된 일을 이보다 열심히 한 적은 없었고, 파업이 끝나서 그레고리가 느낀 안도감은 진짜였다. 게다가 학교에 다니며 자기가 좋아하는 일을 이렇게 많이 한 적도 없었고… 시험 성적이 이렇게 좋았던 적도 없었다. 그리고 특별 팀은… 정말 중대한 일이 될 수도 있다. 하지만 시간도 많이 들 테고, 많은 연구를 해야 할 것이다.

그레고리는 하늘과 구름을 한 번 더 바라보고 잠자러 집 안으로 들어갔다. 정리할 게 너무 많았고, 넣고 뺄 것들이 너무 많았다. 그레고리에게 지금 확실한 건 단지, 아주 많이 지쳤다는 것, 그리고 내일부터는 숙제를 해야 한다는 것이었다.

모든 것을 고려해보고 나니, 그레고리는 어서 빨리 숙제를 하고 싶은 마음이 들었다. 자기 목소리가 분명히 들리게 하기 위해서라도.

작가의 말

그레고리가 발견한 바와 같이, 1900년대 초반,
미국 전역에서는 숙제 전쟁이 벌어지고 있었습니다.
많은 지역의 학교에서 숙제가 제한되거나 금지되었고,
1901년 캘리포니아 민법은 15세 미만의 학생들이
"집에서 공부"하게 강제하는 행위를
금지하는 조항을 포함하도록 개정됐습니다.
아쉽게도 나중에 이 법은 폐지됐습니다.
하지만, 법이 공식적으로 폐지되지 않은 지역이
어딘가에는 남아 있을 가능성이 있습니다.

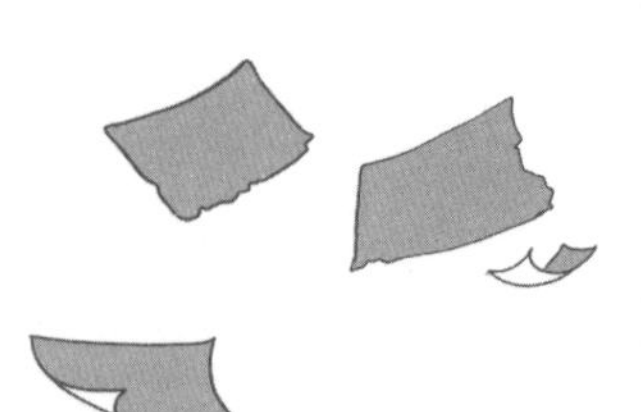